Stefan Wagner

# VON SIEG ZU SIEG IM FRANKREICH-KRIEG

## LANDSER IM FRANKREICHFELDZUG IM 2. WELTKRIEG

**EK-2 MILITÄR**


Druckhinweis:
Libri Plureos GmbH
Friedensallee 273
22763 Hamburg

# Verpassen Sie keine Neuerscheinung mehr!

Tragen Sie sich in den Newsletter von *EK-2 Militär* ein, um über aktuelle Angebote und Neuerscheinungen informiert zu werden und an exklusiven Leser-Aktionen teilzunehmen.

**Link zum Newsletter:**
https://ek2-publishing.aweb.page

**Über unsere Homepage:**
www.ek2-publishing.com
Klick auf *Newsletter*

***Via Google***: *EK-2 Verlag*

Als besonderes Dankeschön erhalten Sie **kostenlos** das E-Book »Die Weltenkrieg Saga« von Tom Zola.

**Deutsche Panzertechnik trifft außerirdischen Zorn in diesem fesselnden Action-Spektakel!**

# Ihre Zufriedenheit ist unser Ziel!

Liebe Leser, liebe Leserinnen,

zunächst möchten wir uns herzlich bei Ihnen dafür bedanken, dass Sie dieses Buch erworben haben. Wir sind ein kleines Familienunternehmen aus Duisburg und freuen uns riesig über jeden einzelnen Verkauf!

Mit unserem Label *EK-2 Militär* möchten wir militärische und militärgeschichtliche Themen sichtbarer machen und Leserinnen und Leser begeistern.

Vor allem aber möchten wir, dass jedes unserer Bücher **Ihnen ein einzigartiges und erfreuliches Leseerlebnis** bietet. Daher liegt uns Ihre Meinung ganz besonders am Herzen!

Wir freuen uns über Ihr Feedback zu unserem Buch. Haben Sie Anmerkungen? Kritik? Bitte lassen Sie es uns wissen. Ihre Rückmeldung ist wertvoll für uns, damit wir in Zukunft noch bessere Bücher für Sie machen können.

Schreiben Sie uns: info@ek2-publishing.com

Nun wünschen wir Ihnen ein angenehmes Leseerlebnis!

*Jill & Moni*
*von*
*EK-2 Publishing*

# Deutsche Panzerjäger stürmen zur Marne

»Herr Unteroffizier!« Der Richtschütze Vriesen wendet sich von seinem Platz nach vorn zu seinem Geschützführer, der neben dem Fahrer sitzt: »Herr Unteroffizier, sind wir jetzt eigentlich in Luxemburg, Belgien oder schon in Frankreich?«

Unteroffizier Ehrmann runzelt die Stirn und greift nach seiner Kartentasche.

In eng aufgeschlossener Kolonne marschieren die Fahrzeuge und Geschütze der Panzerjägerkompanie des Regiments hintereinander. Zeitweilig geht es in rascher Fahrt vorwärts. Doch jetzt muss Sepp, der Fahrer, dauernd schalten. Der starke Motor brummt unwillig. Das Getriebe heult hell und gedehnt, als schmerze das langsame Fahren. Mehr als fünf Kilometer auf glatter Straße muss Sepp schon den zweiten Gang laufen lassen. Es ist eine Schande. Doch soviel er an seinem Steuerrad flucht und tobt, die Straße ist verstopft. Zur Rechten marschiert eine Schützenkompanie. Die Kragen der Uniformen sind geöffnet, Schweiß rinnt den Männern über die Stirn. Sie sind seit Tagen auf dem Vormarsch. Die Panzerjägerkompanie soll überholen. Der Leutnant meinte vorhin bei der letzten Rast, dass sie jetzt sicher eingesetzt würden. Aber genau wusste er es auch nicht.

Eine verteufelte Angelegenheit, dieser Krieg! Da hat man nun den ganzen Winter darauf gewartet, an den Feind zu kommen, endlich mal einen richtigen französischen Panzer zu entdecken und ihn dann aus 300 Meter Entfernung abzuknallen. Wie oft hat sich jeder der Geschützbedienungen diesen Augenblick schon vorgestellt, und was für ein Riesenhallo gab es, als beim Scharfschießen Vriesen, der beste Richtschütze der Kompanie, beim ersten Schuss auf die Zielscheibe bereits einen Volltreffer erzielte, dass die Fetzen flogen und ein neues Ziel aufgestellt werden musste, welches aber auch mit wenigen Schüssen beseitigt war, bis endlich keine Ziele, aber noch fünf Schüsse übrig waren. Drei

Tage Extraurlaub hatte die gesamte Bedienung damals bekommen.

Und jetzt? Am 8. Mai war ein Geraune durch die Kompanie gegangen. Es würde wohl losgehen. Einer hatte es von einem der Panzerschützen gehört, die plötzlich mit ihren Kampfwagen an die Grenze gezogen waren. Am 9. Mai, es war gerade ein Donnerstag, die Kompanie spielte wie immer Fußball in der nachmittäglichen Sportstunde, da kam plötzlich der Alarm. Es ging los.

Im Sturmschritt kam die Kompanie vorwärts. Schon am ersten Tage wurde Luxemburg erreicht. In langsamer Fahrt fuhr die Kompanie irgendwo in der endlosen Kolonne durch die Hauptstadt dieses kleinen Ländchens, das wie eine Insel des Friedens dalag. Während an der deutschen Grenze die Bewohner ihre Heimat verlassen hatten, die Befestigungswerke des Westwalles mit ihren Panzerkuppeln versteckt aus dem Boden lugten und die große Einsamkeit des Vorfeldes die Männer umfangen hielt, spielten in Luxemburg die Kinder auf den Straßen. Die Mütter saßen vor den Haustüren und stopften Strümpfe. In reicher Fülle boten Markthändler ihre Waren an.

Staunend sahen die Panzerjäger, dass sie hier gar nicht mehr gebraucht wurden. Den Grenzübertritt hatten andere Kompanien erzwungen. Sie konnten nur hinterher marschieren. Schnell war die große Stadt mit den sauberen Straßen, dem prunkvollen Schloss und den ungewöhnlich gekleideten Polizisten wieder verschwunden. Die Landstraße nach Westen hatte die Kompanie aufgenommen.

Es wurde Abend und wieder Tag. Unentwegt drängte das Heer weiter vorwärts.

*

Strahlend steht heute die Mittagssonne am Frühlingshimmel. Ringsum erblüht die Natur. Auf den Wiesen wächst ein sattes Grün, frisch weht der Fahrtwind den Männern um die Nase. Nirgends im weiten Land ist ein Mensch zu finden. Auf der

Landstraße marschiert das deutsche Heer. Doch, wo bleibt der Kampf? Es ist doch Krieg?!

Nur aus der Ferne ist manchmal, wenn das Donnern der Motoren und der Marschtritt der Kolonnen auf der Landstraße für kurze Zeit verstummt, ein fernes Grollen zu hören. Artilleriefeuer! Den Männern allen schon bekannt aus dem polnischen Feldzug und aus den einsamen Kämpfen im Vorfeld des Westwalles. Wie weit mochte die Kompanie jetzt schon marschiert sein?

Unteroffizier Ehrmann holt seine Karte aus der Tasche, entfaltet das Blatt, um es sofort wieder einzustecken. »Über diesen Kartenabschnitt sind wir längst schon hinausmarschiert. Luxemburg haben wir verlassen.«

»Dann müssen wir also in Südbelgien sein!« Schütze Klein meldet sich. Er heißt nicht nur so, sondern sieht auch so aus. Von dünner, schmächtiger Figur, hat sich das junge Kerlchen erst nach längerer Zeit die Achtung seiner robusteren Kameraden erwerben können.

»Givet 15 km!«, liest Hermann, der andere Munitionsschütze, von einem Wegweiser im Vorbeifahren ab. Aber Unteroffizier Ehrmann findet den Ort auch auf dieser Karte nicht. Da gibt Fahrer Sepp, den alle mit Spitznamen so nennen, dem Unteroffizier seine »Geheimkarte«. Vorsorglich hat er als lang bewährter Fahrer sich mit alten Tankstellenkarten ausgerüstet, die aus Reklamegründen an Autofahrer ausgegeben werden und die alle wichtigen Straßen enthalten. Sepps Vorsorge bewährt sich.

»Wir sind tatsächlich schon in Frankreich!«, bestätigt Unteroffizier Ehrmann. »Givet liegt in einem Zipfel, der westlich von Sedan nach Belgien hineingreift. Donnerwetter noch einmal, sind wir marschiert!« Die Karte geht herum, die Bedienung mustert sorgfältig den bisherigen Weg ihres Vormarsches.

»Mensch, gloobst du, det immer so weiter jeht?!« Michel, der Autoschlosser aus Berlin, grundsätzlich nur beim Vornamen gerufen, äußert seine Bedenken. »Die Franzmänner haben woll die Beene in de Hand jenommen und sind jetürmt mit ihre schwarzen Omnibusse. Man sieht jarkeene Tanks nich, wo zerstört sind!«

Michel blickt fragend seine Kameraden an und weist auf den Straßenrand. Nirgends sind hier Spuren ernsthafter Kämpfe zu finden oder zusammengeschossene Kampfwagen zu entdecken. Ein deutsches Fahrzeug liegt mal fest. Die Bedienung arbeitet fieberhaft, um es rasch wieder fahrbereit zu machen, doch vom Gegner keine Spur. »Uns wer'en se doch nich vajessen hab'n?« Michels Sorge ist die Sorge aller. Doch sie ist unbegründet.

Über eine Woche schon ist die Kompanie auf dem Marsch. 30, 40 und gestern sogar 75 Kilometer wurden täglich zurückgelegt. Die Panzerjäger merken die Anstrengungen nicht so wie die zu Fuß marschierenden Kameraden der Schützenkompanien. »Junge, Junge«, meinte Michel, »so loofen müssen!« Und dann nickte er nur vielsagend mit dem Kopf.

*

»Die Unteroffiziere zum Chef!« Morgens kurz nach dem Wecken ruft der Hauptfeldwebel seine Korporäle zusammen. Aus einer Scheune krabbeln die Unteroffiziere heraus. Kaum dämmert der Morgen, soll von neuem angetreten werden.

Der Hauptmann ist gerade von dem Regimentsgefechtsstand zurückgekommen. Während die Kompanie ruhte, hat der Chef vom Regimentskommandeur in der Nacht die Einweisungsbefehle für die kommenden Tage erhalten. Der Kompaniechef geht auf der Wiese vor der Scheune schweigend auf und ab, wartet, bis die eben geweckten Unteroffiziere herbeikommen. Sein Leutnant, der den ersten Zug führt, ist als erster da. Beide Offiziere sprechen kurz miteinander.

»Jetzt geht's wirklich los!« meint der Chef. Da meldet ihm der Hauptfeldwebel seine Unteroffiziere.

»Rührt euch!« Kurz und scharf das Kommando des Chefs, wie es seine Unteroffiziere immer an ihm kannten. »Ich weise Sie jetzt kurz in das Wesentliche unserer Lage ein«, so beginnt der Hauptmann.

»Die Division ist bisher im einfachen Marsch den nach Westen vorstoßenden deutschen Verbänden gefolgt. Der Franzose hat aber in unserer linken Flanke jetzt Kräfte konzentriert, die einen Stoß gegen die nach Westen vormarschierenden deutschen Verbände ausführen könnten, deshalb dreht die Division, zusammen mit anderen Einheiten, nach Süden ab und marschiert nunmehr, in jeder Stunde mit Feindberührung rechnend, auf den Aisne-Oise-Kanal zu. Die davorliegende Bastion Laon wird genommen. Flieger haben feindliche Kampfwagenansammlungen gemeldet südlich und südwestlich der Stadt. Die Kompanie übernimmt den Panzerschutz des Regiments. Ein Zug, und zwar der erste, wird zur besonderen Verwendung dem ersten Bataillon unterstellt. Noch eine Frage? Weggetreten!«

Unteroffizier Ehrmann kommt zu seinen Männern zurück, die ihn mit fragenden Blicken anschauen. »Z.b.V.-Auftrag!«, antwortet der Geschützführer nur.

»Sind denn überhaupt Tanks da?«, fragt Michel.

»Erstens heißt es ›Kampfwagen‹ und zweitens sind etwa 80 bis 100 feindliche Panzer westlich von Laon durch Flieger gemeldet«, antwortet ihm Unteroffizier Ehrmann. Die Männer der Geschützbedienung schauen sich an.

»Junge, Junge, anscheinend werden wir doch noch gebraucht.« Dann sitzen sie auf. Der Leutnant führt den ersten Zug vor. Die Kompanie gliedert sich auf, um überall den Panzerschutz zu übernehmen. Ein wenig später meldet der Leutnant dem Bataillonskommandeur des I. Bataillons seinen Pakzug.

»Schön, dass Sie da sind!«, ruft der Kommandeur. »Sie kommen zu meiner Vorausabteilung. Wir werden auf Laon vorstoßen und die Stadt in Besitz nehmen!«

»Vorausabteilung?«, fragt der Gefreite Vriesen seinen Unteroffizier später. »Was ist das eigentlich? Gab's doch früher nicht.«

»Na, wenigstens ganz vorn!«, antwortet Unteroffizier Ehrmann.

Auf der breiten, von hohen Bäumen gesäumten Chaussee sammelt sich ein seltsamer Zug von Wehrmachtsfahrzeugen. So ziemlich alle Waffengattungen sind vorhanden, darunter viele

Infanteristen. Mit Sturmgepäck und Waffen, Munition und Gerät schwer bepackt, rücken sie an.

»Was die bloß alle hier wollen?«, denkt Unteroffizier Ehrmann. Die Führer der einzelnen Abteilungen melden sich beim Bataillonskommandeur, der selten so lebhaft und freudig seine Anweisungen gegeben hat wie heute. Man sieht, wie sehr er hier in seinem soldatischen Element ist.

»Aufsitzen!«, brüllt jemand von vorn. Jetzt aber bekommen die Panzerjäger Besuch. Die Infanteristen – es sind mindestens zwei Kompanien – drängen auf die verschiedenen Fahrzeuge zu und suchen sich überall noch einen Platz. Einige erbeutete Lastkraftwagen stehen ebenfalls schon bereit, die Schützen aufzunehmen. Doch sie reichen nicht aus. Aber jeder will mit, und alle kommen auch mit. Wie die Trauben hängen die Männer an den Fahrzeugen, halten sich an den Rohren der Artilleriegeschütze fest, klammern sich an die großen Pionierfahrzeuge und klettern auf die Protzkübel der Panzerjäger.

»Los! Hier auch noch 'rauf!«, brüllt der Kommandeur den Letzten zu, die auf die Trittbleche des Kommandeurkübels springen. Dann kommt schon das Zeichen zum Anfahren. Die Vorausabteilung beginnt ihren Vormarsch auf der großen, breiten Landstraße über die weite Ebene auf Laon zu.

Vom Feind ist nichts zu spüren. Das nur dünn besiedelte Land Nordfrankreichs liegt wie ein flaches Tuch ausgebreitet vor den Augen der vorrückenden deutschen Soldaten. Die wenigen Bewohner sind vor Tagen schon geflohen. Straßen und Dörfer, die durchfahren werden, sind menschenleer. Dumpf rattern die Motoren, surrend gleiten die Reifen über den warmen Asphalt. Fast geräuschlos rollt die Abteilung vor, nur das gleichmäßige Summen der Motoren ist zu hören. Friedlich und unberührt liegt das Land. Grün und weit sind die Äcker, nur selten von einzelnen Busch- und Baumgruppen unterbrochen, sonst nichts als weites, weites Feld. Versteckt lugt das Giebeldach einer Ferme bisweilen hinter einer grünen Hecke hervor. Aber nirgends stellt sich ein Gegner der einsamen, deutschen Marschkolonne entgegen.

Die Fahrt wirkt wie ein Friedensmanöver, bei dem vergessen worden ist, den Feind »darzustellen«. Doch der Kommandeur weiß, und jeder Mann fühlt es, irgendwann müssen sie auf den Gegner stoßen, der sich vor ihnen erneut gesammelt hat und mit frisch zusammengestellten Reserven sich auf den Gegenstoß vorbereitet.

In den frühen Nachmittagsstunden – es ist der 19. Mai – überholt der Divisionskommandeur die Vorausabteilung. In der Ferne hebt sich deutlich sichtbar ein Fels aus ebenem Land. Mit dem Feldstecher kann man bereits Giebel und Türme darauf erkennen und die berühmte Kathedrale von Laon unterscheiden. Dort sitzt noch der Feind.

Eine Sicherung ist stets der Abteilung voraus. Vorsichtig nähern sich die Männer dem nur etwa vier Kilometer vor Laon liegenden Dörfchen Chambry. Da peitschen ihnen die Schüsse von Baumschützen entgegen. Eine feindliche Batterie nimmt die Vorausabteilung unter Feuer.

Die Infanteristen springen von den Fahrzeugen, schwärmen nach rechts und links aus. Das Artilleriegeschütz fährt noch etwas vor und geht seitwärts der Straße in Stellung. Die Panzerjäger sind sprungbereit, wo werden sie gebraucht?

»He, Unteroffizier!« Ein Offizier mit roten Generalstabsstreifen ruft Unteroffizier Ehrmann an. »Folgen! Aber schnell!«

»Aufsitzen!«, brüllt Unteroffizier Ehrmann. »Sepp, zeig jetzt, was du kannst!« Durch den flachen Straßengraben fährt Sepp das Geschütz auf das freie Feld, dem Kübel des Generalstabsoffiziers folgend. Sie halten auf eine Höhe zu. Immer schneller wird das Tempo. Auf dem Dorf rattern die MG-Garben. Dumpfe Detonationen ertönen. Der Frieden des kampflosen Vormarsches ist urplötzlich verscheucht, und ein erbittertes Gefecht kommt in Gang.

»Der General!«, ruft Vriesen und zeigt auf die Höhe, wo die Männer plötzlich ihren Divisionskommandeur entdecken, der mit dem rechten Arm immer das Zeichen zur höchsten Marschgeschwindigkeit gibt. Da spritzen neben dem Kommandeur kleine

Sandfontänen auf. Erst links, dann rechts, Einschläge feindlicher Geschosse, offenbar stärker als Maschinengewehre.

»Panzer von rechts!«, schreit Michel da. Richtig. Dort fahren sie. Vier französische Panzerspähwagen rollen auf den deutschen Divisionskommandeur zu, der allein im Gelände steht, als sichere »Beute« von den Franzosen schon angesehen. Nun aber vor! Zupacken heißt es jetzt für die Jäger und schnell sein. Unteroffizier Ehrmann braucht gar kein Kommando zu geben.

»Feuerstellung rechts!«, kommandiert schon mit lauter, fester Stimme der General und weist mit dem Arm in die Schussrichtung.

»Halt!« Der Protz-Kw bremst, das Geschütz wird herumgerissen. Mit sicherem Griff spreizen die Männer die Holme. Michel schiebt die Granate schon ins Rohr. Der Verschluss fliegt zu. Fieberhaft dreht der Richtschütze an seiner Zieleinrichtung, hebt die Hand.

»Feuer!« Der erste Schuss jagt davon. Schon ist wieder geladen.

»Nur Ruhe, Männer!«, mahnt der General. »Der Schuss ging hoch!« Wieder spritzt eine MG-Garbe aus den Rohren des französischen Panzerspähwagens auf die Höhe. Sekunden nur, dann ist Vriesen wieder fertig, zieht ab und trifft.

Volltreffer, mitten im feindlichen Spähwagen sitzt der Schuss. Geladen, zwei kurze Handgriffe an der Seiten- und Höhenrichtmaschine, das Auge an den Einblick des Zielfernrohres geklemmt, sitzt der Richtschütze an seinem Platz. Mit dem dritten Schuss ist der eine Spähwagen erledigt. Inzwischen sind die beiden anderen Geschütze des Pakzuges ebenfalls in Stellung gegangen. Sie beharken gemeinsam mit der »Generals-Pak« die vier feindlichen Panzerspähwagen, denen sich noch zwei Kampfwagen nähern wollen, die weiter rückwärts aus dem Busch kommen. Das prompte Arbeiten des Pakzuges aber jagt den Franzosen einen mörderischen Schreck ein. Obwohl sie stark sind, kommen sie gegen das zielsichere Pakfeuer nicht an. Zwei Panzerspähwagen brennen bereits, die beiden anderen drehen ab, ebenso die Kampfwagen. Noch immer knallen die Schüsse den Franzosen hinterher, die nach kurzem, heftigem Gefecht die Flucht ihrer Vernichtung vorziehen.

»Stellungswechsel nach vorn!« Der General hat selbst die Führung des Pakzuges übernommen. Er steigt in seinen Kübelwagen. Sepp ist mit seinem Protz-Kw heran. Die Geschütze werden aufgeprotzt. In flottem Tempo eilt der Zug den fliehenden feindlichen Panzerspähwagen nach. Sie sind ja Panzer-»Jäger«.

Eine tolle Fahrt bis zur nächsten Bodenwelle. Von hier aus kann man das Gelände bis nach Laon hin einsehen. Für den weiteren Angriff ist eine Sicherung hier oben unbedingt erforderlich.

So gehen die Geschütze gleich in Stellung. Damit schützen sie auf der linken Flanke den Kampf um Chambry. Doch die flinken Panzerjäger finden keine Ziele mehr. Der Gegner hat sich zurückgezogen.

Jetzt erst kann der Divisionskommandeur der tapferen Bedienung für ihr schnelles, sicheres Arbeiten seine Anerkennung aussprechen. »Aus einer kitzligen Situation habt ihr mich da noch rechtzeitig herausgehauen! Die angreifenden vier Panzerspähwagen konnten in jedem Falle schneller fahren, als ich mich im Gelände hätte bewegen können. Den überlegenen Feind habt ihr tapfer abgewehrt.« Der General drückt dem Unteroffizier und dem Richtschützen die Hand und überreicht ihnen an der Stelle ihres siegreichen Gefechtes das Eiserne Kreuz.

Unter den Panzerjägern ist es still geworden. Das also war die erste Bewährungsprobe.

Der General steigt wieder in seinen Kübelwagen, der ihn zu den vorderst kämpfenden Teilen seiner Division brachte, blickt noch einmal zu der eben umkämpften Höhe zurück, auf der er allein stehen blieb, während sein Ia mit dem Wagen zurückfuhr; dann eilt er nach Chambry, der Schlüsselstellung für Laon, um den weiteren Kampf zu führen.

Bis in den späten Abendstunden bleibt das Pakgeschütz zur Panzersicherung in Stellung. Kurz bevor es dunkel wird, macht Michel eine große Cornedbeefbüchse auf. »Wir müssen uns wehrfähig erhalten, Kameraden!« Damit lässt er die Büchse rundgehen, und jeder langt kräftig zu, denn das Essen soll auch beim Vormarsch nicht vergessen werden.

Erst als es schon fast dunkel ist, schaut Unteroffizier Ehrmann zum ersten Mal auf sein zweites Knopfloch an der Feldbluse, durch das das schwarz-weiß-rote Band mit dem Eisernen Kreuz gezogen ist. 1939, die Jahreszahl des Kriegsbeginns, ist auf dem Kreuz eingraviert, das schon sein Vater im Weltkriege sich erkämpft hatte. Wie oft hat der Unteroffizier sich seinen Vater zum Vorbild genommen, vor Beginn des Feldzuges an dieses Eiserne Kreuz gedacht, das einige wenige schon trugen. Jetzt schmückt es auch seinen Soldatenrock. Vorsichtig löst er das Band noch einmal, zieht das Kreuz ab und steckt es in seine Kartentasche. Später borgt er sich von seinem Ladeschützen eine Sicherheitsnadel, um das Band wieder festzustecken.

»Is och besser so«, meint Michel, der diese stille Szene beobachtet hat, »so gloobt jeder, des Härr Unoffizier des Eiserne Kreuz schon länger hab'n. Nich so neu sieht ett mehr aus.«

»Halt's Maul!«, antwortet Unteroffizier Ehrmann da nur kurz, doch Michel griente Da klopft Ehrmann seinem Ladeschützen kräftig auf die Schulter.

»Ihr seid ja alle mit dran schuld!« Unteroffizier Ehrmann hat schon eine tolle Bedienung an seinem Geschütz. Keinen einzigen hätte er missen mögen. Sei es Sepp, der lieber im Wagen schlief, als ihn unbewacht stehen zu lassen, oder Heinrich, der so gut kochen konnte, das die Bedienung nie über Fressalienmangel zu klagen brauchte, der Schütze Klein, der mächtig pustete, wenn sie im Mannschaftszuge vorgingen, oder Vriesen, sein bester Mann; mit ihnen allen ist der Geschützführer eng verbunden, sie sind eine feste, kleine Kampfgemeinschaft, in der jeder sich auf den anderen verlassen kann.

*

Die Nacht vergeht ruhig. Morgens um 6.00 Uhr donnern die deutschen Geschütze los. Die Artillerie bereitet den weiteren

Vorstoß der Division auf den Aisne-Oise-Kanal vor. Die Regimenter sind in der Breite des Divisionsabschnittes der Vorausabteilung gefolgt und haben sich zum Angriff bereitgestellt.

Unteroffizier Ehrmann führt den Zug nach Chambry, das in den gestrigen späten Abendstunden genommen werden konnte. Mit dem Dorf fiel praktisch auch die Stadt in deutsche Hand. Größerer Widerstand wurde nicht mehr geleistet.

In den Vormittagsstunden marschiert der Pakzug durch die Festung Laon. Mit einem kurzen Blick können die Männer die alte Kathedrale erkennen, die, mit Sandsäcken hoch bedeckt, einen verlassenen, traurigen Eindruck macht. Die Stadt ist menschenleer, ihre Häuser unzerstört.

Der rasche Vorstoß der Truppe kommt für die Franzosen überraschend. Ihre Hauptkräfte sind ja in Flandern im großen Entscheidungskampf begriffen. Mit einem deutschen Vorstoß hier an die Aisne hat der Gegner nicht in so kurzer Zeit gerechnet. Dennoch gelang es ihm, viele Panzerkräfte diesseits des Kanals zusammenzuziehen. Zu ihrer Abwehr wird der Pakzug von neuem nach vorn gezogen.

Auf den Straßen überholen die Panzerjäger die Fahrzeuge der Infanterie. Die meisten Kompanien sind im Gelände, überall sieht man für kurze Zeit die grauen Gestalten hinter Büschen und Sträuchern hervorlugen. Die einsame Stille unterbricht das Knattern von MG-Salven, vereinzelt tönt es dumpf aus den Büschen vorwärts. Handgranaten detonieren. Dann ist wieder Stille. Plötzlich ein dumpfer Knall. Abschuss. Zwei-, drei-, viermal. Dann darauf kurz noch einmal dasselbe. Eine deutsche Artillerieabteilung schießt.

Schon krachen drüben die Einschläge. Drei Minuten lang wirbeln jenseits die Rauchwolken hoch. Diese Granaten sollen den vordersten Teilen der Division den Weg bahnen bis zum Aisne-Oise-Kanal. Der Gegner ist vereinzelt fest eingebaut und schwer zu fassen.

Unteroffizier Ehrmann marschiert mit seinem Geschütz zunächst auf der Straße nach Soissons vor. Links und rechts sind die

Infanteristen ausgeschwärmt und arbeiten sich langsam weiter vor. Sepp dreht mit seinem Protz-Kw auf der Straße um, die langsam ansteigt und auf einen Hügel zuführt. Die Bedienung geht im Mannschaftszuge jetzt rechts ab und schließt sich einer Kompanie an, die den vorliegenden Höhenzug nehmen will.

Dort kracht ein Zweig, raschelnd bahnt sich der Fuß eines Unteroffiziers seinen Weg. Man sieht nur undeutlich zwei hohe Schilfhalme sich bewegen, kurz ist von rückwärts der mit Gras getarnte Stahlhelm zu sehen. Dann huschen die anderen Männer gebückt ihrem Unteroffizier nach, legen sich bereit für den Sprung über die 100 Meter Wiesenland, die sie von der nächsten Deckung trennen. Da schnellt die lange Gestalt des Gruppenführers empor. Mit mächtigen Sprüngen eilt er über den gefährdeten Abschnitt, entschlossen folgt ihm der MG-Schütze, jetzt der Mann mit den Munitionskästen, da schlägt kalt und grausam nah ein tackendes Hämmern den Männern entgegen, ein französisches MG. Von dem Hügel her kommt die Feuergarbe. Sorgfältig getarnt sitzt noch ein versprengter feindlicher MG-Schütze im Buschwerk. Sauber hinter Ästen und Büschen versteckt, wartet er, bis die Angreifer nahe genug heran sind, um sie dann niedermähen zu können. Da löst er den nächsten Feuerstoß aus.

Der Unteroffizier kommt hinüber, ist wieder in Deckung, die beiden Schützen bleiben auf dem Feld. Mit dem MG im Arm rollt sich der eine wenige Meter seitwärts, schwer krümmt sich sein junger Körper; der andere Kamerad liegt still im grünen Gras.

Ein wilder Feuerhagel überfällt jetzt den Hügel, auf dem der Feind erkannt ist. Überall von den Seiten hämmern die deutschen MG und suchen, den Gegner zu fassen.

Von der anderen Seite versucht der dritte Zug, rechts an den Hügel heranzukommen. Wieder tackt das feindliche MG. Ein gerissener Bursche, kaltblütig und unerschrocken, sucht er Deckung, wenn die deutschen Garben kommen, und schießt nur auf sichere Ziele, jeden Schuss berechnend. Noch beherrscht er die Höhe.

»Stellungswechsel!«, kommandiert Unteroffizier Ehrmann. Die Männer gehen in die Taue und ziehen im Mannschaftszug ihr Geschütz weiter vor.

»Laufen! Marsch, marsch!«, brüllt Ehrmann und eilt voraus, um den besten Weg zu erkunden, spannt sich dann selbst mit vor die Taue, als der Weg ansteigt, weist mit dem Arm in eine flache Senke zur Rechten, die etwas Deckung bietet.

So kommen sie ab vom feindlichen MG. Der Hauptfeldwebel der angreifenden Kompanie erkennt das Vorhaben von Unteroffizier Ehrmann, schließt sich mit seinen Männern an. Sie eilen vor, 100, 200 Meter, gewinnen, ohne Widerstand zu finden, die Höhe, sind oben.

»Laufen, laufen!«, brüllt Ehrmann zurück. »Wir müssen rasch hinauf!« Die Lungen der Männer keuchen vor Anstrengung. Schwer hasten sie den Hügel hinan, stoßweise geht ihr Atem.

Aber sie kommen vorwärts. Wieder ist Ehrmann vorgestürzt, findet eine kleine Mulde, die natürlichen Schutz bietet.

»Hierher!« Noch einmal laufen die Männer, sind da. Vriesen klammert sich schon an sein Zielfernrohr.

»Aber Sprenggranaten nehmen!«, befiehlt Unteroffizier Ehrmann.

Fiebernd wartet die Bedienung, bis Vriesen fertig ist. Doch noch immer dreht er an seiner Richtmaschine. Jetzt sitzt er still, wartet.

»Los doch!«, zischt Michel leise dem Richtschützen zu. Doch regungslos, ohne sich beeinflussen zu lassen, sieht Vriesen durchs Zielfernrohr.

»So ein Schweinehund! Er ist wieder in Deckung gekrochen. Aber warte …«

Die anderen blicken jetzt nur auf Vriesen, auf ihn, den Richtschützen kommt jetzt alles an. Er versteht aber sein Handwerk. Seine Muskeln spannen sich langsam, der linke Fuß drückt sich fester in die Erde, da schnellt sein Kopf zurück.

Krachend jagt der Schuss aus dem Rohr. Eben hat Vriesen abgezogen, schon ist wieder geladen. In Sekunden geht der nächste hinterher, noch ein dritter, vierter. Erledigt! Das feindliche MG schweigt.

Da stoßen schon die Infanteristen auf die Höhe. Ein Feldwebel ergreift das eroberte MG, doch schnell lässt er den Lauf wieder los, der noch glühend heiß ist. Dann schauen sie auf die beiden Poilus, die tot sind. Vriesen zielte direkt auf die Stahlhelme, die sich etwas aus der Deckung hoben, als die Franzosen von Neuem zum Schuss ansetzten.

Damit ist der Weg auf die Höhe frei. Auf zwei Krankenbahren werden die Verwundeten zurückgebracht. Streifschuss am Arm der eine, dem anderen ist die Brust aufgerissen. Ein schrecklicher Anblick, roter Schaum sprudelt aus dem Mund, der Mann verdreht die Augen wie ein Tollwütiger – für ihn wird jede Hilfe zu spät kommen – und da begreifen auch die Kameraden plötzlich, was Krieg heißt.

»Panzer!«, schreit Michel da plötzlich, als die anderen noch nach den Verwundeten schauen. Er sieht sie doch immer zuerst. Richtig, da kommen die grauen Ungetüme. Vier Kampfwagen rollen aus der Niederung gegen die eben gewonnene Höhe an. Sie laufen quer zur Schussrichtung der Pak und scheinen schon zersprengt durch das heftige Artilleriefeuer.

Unteroffizier Ehrmann braucht gar nicht mehr zu kommandieren. Auf den Ruf »Panzer!« ist alles wieder an die Taue gesprungen. Die fünf Infanteristen, voran der Hauptfeldwebel, greifen zu.

»Stellungswechsel!« Nur wenige Meter Marsch sind notwendig, dann hat Ehrmann seinen Platz gefunden. »Entfernung 400!«, kommandiert er.

Vriesen ist die Ruhe selbst. Vier Kampfwagen gegen eine Pak ist etwas stark. Sorgfältig gezielt, feuert das Geschütz seine ersten Granaten ab. Der erste Streifschuss prallt ab, der zweite geht kurz, der dritte weit. Verflucht, soll denn heute gar kein Schuss sitzen? Da drehen die Franzosen schon ab. Noch einen Schuss jagt er hinter ihnen her, der endlich sitzt. Ein Panzer bleibt liegen, brennt, die Besatzung steigt aus und flüchtet.

Schwer und klobig bewegen sich die Übrigen fort. Vor allem der eine, es muss ein 32-Tonnen-Tank sein, sucht davonzukommen, obwohl er über starke Bewaffnung verfügt und mit seinem Geschütz mächtig dazwischenfunken kann.

Es blitzt wiederholt aus seinem Rohr, doch die Schüsse gehen irgendwo ins Gelände. Die Franzosen sind hilflos geworden. Der schnelle Vorstoß der Deutschen ist ihnen fürchterlich in die Knochen gefahren. Sie scheinen nicht mehr zu wissen, wie sie kämpfen sollen. Die Führung geht verloren. Nur in Einzelkämpfen liefert der Gegner noch hartnäckigen und verbissenen Widerstand.

Das Geschütz von Unteroffizier Ehrmann speit unentwegt Schnellfeuer. Aus der linken Flanke hilft noch eine andere Pak mit, und das ist das endgültige Zeichen für die feindlichen Kampfwagen zum Abdrehen. Auch der große 32-Tonner dreht jetzt sein Hinterteil den Panzerjägern zu. Er will den Rückzug seiner kleineren Kameraden noch decken. Viel können die Panzerjäger gegen dieses Ungetüm auf die weite Entfernung nicht mehr ausrichten. Aber trotzdem wird draufgeknallt. Michel schiebt immer neue Geschosse ins Rohr.

»Feuerpause! Lasst sein!«, sagt Unteroffizier Ehrmann. »Den sind wir los.«

Da ertönt plötzlich ein gewaltiger Knall. Gebannt starrt alles auf den feindlichen Panzer, der eben noch gemächlich von dannen rollte. Eine mächtige Stichflamme schießt aus dem Auspuff heraus, der donnernde Hall einer gewaltigen Explosion lässt die Luft erzittern. Das schwere Ungetüm macht einen leichten Sprung, als wollte es über ein Seil hüpfen, fällt dann schwer und massiv auf die linke Seite, die Raupenkette reißt und springt ab. Hilflos zusammengesackt, bleibt der 32-Tonner liegen. Ein Zufallstreffer hat den Auspuff getroffen, die Explosionsgase wurden entzündet. Sie zerrissen das Innere des Kampfwagens und zerstörten den Panzer.

Mit diesem Gefecht ist der feindliche Widerstand gebrochen. Überall kommen von den Wiesen die erdbraunen Gestalten mit erhobenen Händen. Sie werden auf Waffen untersucht. Die Gewehre haben sie schon fortgeworfen.

Wohin mit ihnen? Ein Mann wird abkommandiert, nach einer Stunde haben sich rund 50 Gefangene um ihn versammelt. Zu den Seiten sieht man ähnliche Bilder.

»Allons! Allons!«, meint der Posten, und dazu macht er die entsprechende Handbewegung. Sie folgen in loser Marschordnung dem deutschen Soldaten.

Der Kampf um die Gewinnung des Kanalufers geht zu Ende. In der Nacht erreichen die Regimenter überall den Kanal. Sicherungsposten werden aufgestellt, das schilfige, mit Gestrüpp und Buschwerk wild bewachsene Ufergelände bietet gute Deckungsmöglichkeiten.

Unteroffizier Ehrmann führt seine Bedienung in die befohlene Feuerstellung. 300 Meter von der gesprengten Brücke über den Kanal entfernt, bleiben sie vorläufig in Stellung. Es handele sich um einen Angriff mit begrenztem Ziel, der Gewinnung des Kanalufers, so sagte ihnen der Leutnant. Jetzt könne man vielleicht mit einigen Tagen Ruhe rechnen.

Wachen werden eingeteilt. Unteroffizier Ehrmann liegt mit seinen Leuten im Straßengraben neben dem Geschütz. Tief ist ihr Schlaf. Manch einem erscheint im Traum der Kamerad mit der aufgerissenen Brust, der unlängst vom Fährmann Charon aufgenommen worden uns und nun über den Fluss Styx segelt.

An dem Aisne-Oise-Kanal und der Aisne bleiben die deutschen Divisionen stehen, bis sich das Schicksal der in Flandern kämpfenden feindlichen Verbände entschieden hat. Die französischen und englischen Angriffsarmeen werden in den letzten Maitagen nach erfolgter Umzingelung vernichtet. Das gesamte englische Expeditionsheer wird aus Frankreich verjagt. Schwer geschlagen, fühlt Frankreich die drohende Gefahr einer vernichtenden Niederlage nahen.

Die letzte Rettung scheint eine Verteidigung des noch nicht besetzten Gebietes mit den Heeresteilen, die in Flandern nicht eingesetzt waren. Keinen Fußbreit Boden mehr aufgeben, lieber sterben als zurückweichen, deutsche Angriffe durch Gegenangriffe zerschlagen … Das ist die Parole, die der neue Oberkommandierende, General Weygand, seinen Poilus einhämmert. »Die große Schlacht von Frankreich« nennt er die kommenden Auseinandersetzungen.

Da erfolgt wenige Tage nach Abschluss des gewaltigen Ringens im flandrischen Raum der Befehl zu neuem Angriff an die deutschen Truppen. Die von Weygand gefürchtete Schlacht beginnt früher, als man es drüben je erwartet hatte.

Von den Brückenköpfen bei Abbéville und Amiens, über die Somme, über die Oise auf die Schutzstellungen von Paris und über den Aisne-Oise-Kanal auf den Chemin des Dames zu, greifen deutsche Soldaten mit neuen Kräften den mit dem Mute der letzten Verzweiflung sich hartnäckig wehrenden Gegner an.

Sie schlagen ihn in gewaltigen Kämpfen aus seinen befestigten Stellungen heraus. Zum zweiten Mal wird das Land zwischen Aisne und Marne, der Chemin des Dames, zum Schauplatz eines furchtbaren Kampfes. Dort, wo vor 25 Jahren die Väter vier Jahre lang kämpften, treten nun die Jungen zum Angriff an. Tote und Schwerstverwundete auf beiden Seiten. Abermals werden das französische Land zur Blutmühle eines Krieges, der Millionen ins Unglück stürzt.

Die deutschen Anrgiffskräfte führen den Stoß über den Aisne-Oise-Kanal auf den Chemin des Dames, durchbrechen die feindliche Verteidigungsstellung und gewinnen die Aisne, verfolgen den Feind bis zur Marne und erzwingen den Übergang.

*

Fern dämmert im Osten der Morgen des 5. Juni. Der Frühdunst steht über den feuchten Wiesen. Dumpf rollen die Artillerieabschüsse. Schon in den letzten Tagen ist es nie mehr ruhig geworden hier. Dauernd feuert der Gegner aus den ausgebauten Feldstellungen am Chemin des Dames auf die deutschen

Bereitstellungen diesseits des Aisne-Oise-Kanals. Die Artillerieduelle verstärken sich. Heute um 5.00 Uhr ist Angriffsbeginn.

Unteroffizier Ehrmann hat Befehl, im Mannschaftszug bis 3.30 Uhr an den Kanal vorzustoßen. Schweigend marschieren seine Männer. Der Gefreite Vriesen ernst und ruhig, wie er ihn immer schon kannte, dann Michel, der die feindlichen Panzer immer zuerst sieht und durch seine schnoddrige Frechheit oft Unheil anrichtet, was man ihm aber immer wieder verzeihen muss, wenn man ihn draußen im Kampf sieht. Weiter seine beiden Munitionsschützen, ruhige und einfache Menschen, die alles tun, was von ihnen verlangt wird, willig und immer gut aufgelegt sind, ob es darum geht, Munition zu schleppen oder Verpflegung zu empfangen, eine Nachtwache zu übernehmen oder einen Meldegang zu machen. Dazu Sepp, der Fahrer, dem sie sich auf dem Marsch anvertrauen, dass er sie sicher dorthin fährt, wo sie im Kampf gebraucht werden.

Links an der Straße zweigt ein Fußweg ab. Ehrmann folgt ihm. Nun wird die Last noch schwerer. Tief mahlen sich die Räder in den feuchten Boden. Zwei Spuren zeichnen sich ins taufrische Gras. Dann wird der Boden matschig.

»Halt!« Sie müssen dicht vor dem Kanal sein.

Punkt 5.00 Uhr rudert das erste Schlauchboot der Pioniere hinüber, zwei Mann steigen aus, halten das Tau, an dem das Schlauchboot hinübergezogen wurde, und beginnen mit dem Übersetzen der Infanterie. Langsam wird es heller. Der Morgen ist neblig und bietet dem Gegner wenig Sicht. Von den Seiten tönt bisweilen ein kurzes Kommando, Gerät und Waffen klappern, auch dort ist mit dem Übergang begonnen worden. Fast zwei Stunden lang schon währt der Flussübergang, da erkennt der Gegner den deutschen Angriff.

Von den Höhen des Chemin des Dames schaut der Feind weit ins deutsche Aufmarschgebiet hinein. Dorthin lenkt er jetzt sein Artilleriefeuer, konzentriert sich auf die vermuteten Übersetzstellen, bekämpft Truppenansammlungen und befeuert Wegekreuzungen, Dorfausgänge und Waldkanten.

Tack, tack, tack, das typisch langsame Hämmern des französischen MG. Die übergesetzte Infanterie hat Feindberührung. Nachdem die beiden Kompanien drüben sind, kann auch die Panzerjägerkanone übergesetzt werden. Während vorwärts das Gefecht in Gang kommt, sind mehrere Floßsäcke zu einer kleinen Fähre zusammengebunden. Bis über die Knöchel steht die Bedienung im Wasser, um ihr Geschütz auf die Fähre zu heben. Die Last ist schwer, und tiefer sinken die Stiefel der Männer in den Morast, bis das Wasser ihnen in die Schäfte läuft. Aber die Pak kommt gut auf die Fähre, schwimmt und ist schnell hinübergerudert.

Nun beginnt ein harter, schwerer Marsch. Immer im Mannschaftszug arbeitet sich die Bedienung auf dem jenseitigen Ufer weiter vorwärts, den vorne kämpfenden Kameraden zu helfen. Das ist ihr Wille. Vorhin marschierte hier der letzte Zug Infanterie. Ihm stoßen die Panzerjäger nach.

Der Feind erkennt den Ernst seiner Lage. Aus seinen hervorragend durch das Gelände gesicherten Stellungen empfängt er den deutschen Angriff durch heftiges Feuer.

Wumm. Krachend detonierte eine schwere Granate kurz vor der Pak-Bedienung. Wumm …, wumm …, wumm …, eine Salve.

»Volle Deckung!«, schreit Unteroffizier Ehrmann noch. Die Männer liegen schon platt auf dem Boden, haben sich in eine kleine Mulde links des Weges verkrochen, wühlen sich mit den Händen tiefer ein. Wumm, wieder bersten in nächster Nähe die schweren Granaten. Sind sie erkannt? Splitter wirbeln umher. Mit hellem Klang springt ein Eisenklotz an das dünne Rohr der Kanone, prallt ab und um einen Meter neben Unteroffizier Ehrmann, der will es anfassen, verbrennt sich die Finger. Verteufelt! Solche Schweinerei. Da liegt man nun, kann nichts machen als warten, bis die nächste Salve kommt. Wumm, da ist sie! Immer noch in nächster Nähe. Schreie plötzlich. Irgendeinen hat's erwischt. Die Schützen liegen ja überall hier. In einzelnen Gruppen arbeiten sie sich auf die gestreckte Höhe des Chemin des Dames zu. Die Bedienung liegt still, die berstenden Granaten zwingen sie in

Deckung. Doch viel Schutz kann der flache Wiesenboden nicht geben. Endlich springt das Feuer 200 Meter weiter zurück.

Die Männer spannen sich wieder in die Taue und ziehen ihr Geschütz weiter vor. Hinter ihnen schlagen immer noch die Granaten ein. Doch jetzt kommen sie schneller vorwärts. Hinter einer Hecke entdecken sie einen Leutnant, der mit der Hand winkt.

»Zurückbleiben!«

Da peitschen ihnen schon die MG-Kugeln um die Ohren. Wieder Deckung. Hier sind sie eingesehen. Rechtsherum schlängeln sich die Panzerjäger weiter vor. Da treffen sie den Kompaniechef der einen Schützenkompanie wieder, der sie näher einweist. »In einer halben Stunde wird das Fort genommen.«

Kurze Ruhepause. Nach dem langen Marsch im Mannschaftszug ist die Rast dringend notwendig. Ringsum hat sich überall ein verbissener Kampf entsponnen. Der Franzose sitzt in den seit einigen Wochen mit allen Kräften ausgebauten Feldbefestigungen und ist durch den Kanallauf und das schwer befahrbare, schilfige Sumpfgelände auf seiner beherrschenden Höhe des Chemin des Dames geradezu ideal gesichert. Wenn jemals ein Gelände für einen Verteidiger günstig ist, dann hier. Darum war er auch so schnell aus Laon und vom nördlichen Kanalufer zurückgegangen. Die damaligen Anstrengungen waren also nur ein Anfang. Heute musste es viel schlimmer kommen.

Auf der Höhe brennt eine Ferme. Die Flammen schlagen aus den Gebäuden hoch empor, während aus den betonierten Kellerlöchern immer noch das feindliche Feuer kommt. Steil erhebt sich davor das Land, überzogen vom Grün der Wiesen, in die überall Granaten ihre Löcher gerissen und braune Erdtrichter geschaffen haben.

»Dort oben hinter der brennenden Ferme geht der Damenweg!«, erklärt der Kompanieführer den Panzerjägern. »Im Weltkrieg war dieser Weg lange Zeit vom Herbst 1914 nach dem Rückzug von der Marne bis zum Frühjahr 1918 vor Beginn der deutschen Offensive die Scheidelinie zwischen der deutschen und französischen Front. Nivelle griff hier 1917 an. ›Der Blutsäufer‹ nannten ihn die Franzosen, da er ohne Rücksicht auf Menschenverluste hier eine Materialschlacht entfesselte, die Tausende das Leben kostete und dennoch nichts einbrachte als einige Meter Geländegewinn, der bald von uns wieder zurückerobert wurde. Mein Vater und sein Bruder kämpften auch hier, der eine blieb draußen. Wir aber werden heute noch hinaufkommen!« Der Kompanieführer blickt auf, als erschrecke er über seine lange Rede mitten im heißen Kampf, steht auf und geht zu seinen Zügen. Es ist ein junger Offizier, Leutnant und Kompanieführer.

Dieser Augenblick mitten im Gefecht, beim Rauchen einer Zigarette, lässt den Männern den gewaltigen Unterschied zwischen ihrem Krieg und dem schweren Kampf der Väter spüren. In einem Tag wollen sie den Höhenzug gewinnen, um den im Weltkrieg viele Tausende immer von Neuem kämpften, bluteten. Starben. Es muss doch ein anderer Krieg sein diesmal. Das fühlen die Jungen. Die Alten waren nicht weniger tapfer, sie aber haben heute die besseren Waffen und gehen überlegen in den Kampf.

Dennoch stehen hier keine Stukas zur Verfügung, keine Panzer können in den Kampf eingreifen. Ihr Ringen bleibt ein reines Infanteriegefecht. Durchbruch durch eine Befestigungszone des Gegners.

Artillerievorbereitung auf die erkannten Befestigungen der Franzosen. Eine schwere Abteilung schießt aus allen Rohren und führt eine vorbildliche Feuerzusammenfassung durch. Die spätere Einbruchstelle der Infanterie wird überhagelt von schwersten Treffern. Inzwischen arbeiten sich die Pioniere und Infanteristen an den steilen Hängen empor.

Unteroffizier Ehrmann erhält den Befehl, so nah wie möglich an das alte Fort heranzukommen, um während des Sturmes den Feuerschutz mit zu übernehmen. Auf ein Leuchtzeichen bricht das gewaltige Feuer ab. Nun krachen noch einige Granatwerfer hinüber. Unteroffizier Ehrmann setzt sein Geschütz ein. Sprenggranaten sind geladen. Über eine Talmulde hinweg schießt er auf dunkle Erdaufwürfe, hinter denen sich die Poilus mit ihren MG verschanzt haben. Bis auf den Meter genau treffen die Granaten und zerspringen mitten in den feindlichen MG-Nestern. Wieder ein Zeichen des Stoßtruppführers.

»Feucrpause!«, befiehlt Ehrmann. Mit dem Feldstecher beobachtet er dann, wie der Pionierleutnant vorspringt, eine Handgranate fliegt den Franzosen entgegen. In ihr donnerndes Krachen mischt sich ein heulender Aufschrei. Hände heben sich aus der Erde. Drei Franzosen kommen aus ihrem Loch heraus. Schnell haben die Infanteristen das MG ergriffen, die Höhe weiter gestürmt. Jetzt eilen sie über das freie Feld hinüber zu dem Weg, den es zu gewinnen gilt. Links und rechts sind die Deutschen noch nicht so weit. Eine Nahstelle der gegnerischen Verteidigung ist erkannt, durch heftige Artillerievorbereitung schon geschwächt und durch das mutige Vorstürmen des Stoßtrupps überrannt worden.

Die Panzerjäger brauchen eine volle Stunde, bis sie mit ihrem Geschütz den steilen Hang hinaufgekommen sind. Als sie dort anlangen, ist der Damenweg von den vordersten Teilen schon überschritten. Doch noch sitzt zu den Seiten der Gegner. In zähen Einzelkämpfen wird Stück um Stück aus der feindlichen Befestigungszone herausgebrochen.

Die Panzerjäger treffen ihren Zugführer wieder und die andere Geschützbedienung.

»Das dritte Geschütz mit Bedienungsmannschaften ist schon beim Übersetzen erwischt worden«, so berichtet der Leutnant. »Ein Artilleriesplitter traf den Floßsack, und das Geschütz sackte ab. Drei Mann sind verwundet. Der Angriff geht ohne Atempause weiter.«

Während die beiden bisher übergesetzten Regimenter der Division in heftigste Einzelkämpfe verwickelt sind und die gewonnene Einbruchsstelle gegen feindliche Angriffe halten, stößt das dritte Regiment, bisher in Reserve liegend, genau in der Mitte durch und setzt zum neuen Angriff an, reißt die beiden Flügelregimenter mit sich vor, so dass am folgenden Tage überall der Chemin des Dames gewonnen ist.

*

Für die Nacht wird der Pakzug zur Panzersicherung in der linken Flanke eingesetzt. Mit dem Vorstoß feindlicher Kampfwagen ist so gut wie sicher zu rechnen.

Die Bedienung liegt zwischen den Holmen ihres Geschützes. Keiner spricht mehr. Eine bleierne Müdigkeit hält alle gefangen. Den übergroßen Hunger stillte eine Kommissbrotscheibe, dick mit Büchsenfleisch beschmiert, sowie ein kräftiger Schluck aus der mit Wasser gefüllten Feldflasche. Die Zigaretten glimmen schwach in der hohlen Hand. Unteroffizier Ehrmann teilt Wachposten ein, die anderen sollen kurz ruhen. Er selbst bleibt ebenfalls auf und wandert langsam den Waldrand entlang, den sie schützen sollen. Die letzten Zigarettenpäckchen gibt er dem ersten Wachposten, für jeden der anderen bleiben noch drei Stück.

Flieger brummen in der Luft. MG-Feuer von beiden Seiten, nur wenig entfernt von ihnen. Auf dem ganzen Frontabschnitt rollt das Artilleriefeuer. Zeitweilig bellt die Feldhaubitzenbatterie zwei Kilometer hinter ihnen, sie sehen das Mündungsfeuer aufblitzen. Feindliche Panzer aber tauchen nicht auf. Sie haben Ruhe in dieser Nacht.

Um 6.00 Uhr Stellungswechsel. Weiter vorwärts. Die Sonne strahlt hell auf die taufrischen Wiesen. Alle Müdigkeit fällt von den Gliedern ab. Von dem eroberten Höhenzug, dem Chemin des Dames, den die Männer jetzt geradlinig aus dem Lande sich abheben sehen, schauen sie weit über die Felder.

Dort, wo gestern noch der Franzose saß, stehen jetzt die deutschen Regimenter. Hermann entdeckt des Morgens einen französischen Hühnerstall, den sich die Poilus eingerichtet hatten, um öfter Eier essen zu können. Die Franzosen sind längst fort, aber die Hühner gackern ruhig weiter. Das Federvieh scheint den Krieg nicht zu spüren, und ob Frazosen oder deutsche Panzerjäger ihre Eier essen, wird ihnen gleichgültig sein.

Den ganzen Tag tobt ein heißer Kampf. Die Panzerjäger erleben ihn nur aus der Ferne an diesem Tage, denn sie sind zur Panzersicherung eingesetzt, aber in ihrem Abschnitt lassen sich keine feindlichen Kampfwagen sehen. Die nächste Nacht wird stockfinster. Sepp sitzt am Steuer und starrt ins Dunkel. Die Augen schmerzen, denn wenig Licht gewähren die abgeblendeten Lampen, die er nur für Sekunden einmal einschalten darf. Auf der Straße aber wimmelt es von Fahrzeugen. Jeder will vor. Zu zweien und dreien nebeneinander fahrend, kommen die langen Kolonnen mühselig voran. Zwei Stunden muss gewartet werden kurz vor der Aisne, die in den Nachmittagsstunden erreicht und überschritten wurde. Tapfer haben die Pioniere gearbeitet. 45 Meter ist die Brücke lang, die sie in eineinviertel Stunden gebaut haben. Endlich geht es weiter.

Beschwerlich Schritt fahrend erreichen die Panzerjäger die Brücke, gewinnen das andere Ufer trotz des heftigen Artilleriefeuers unverletzt und folgen weiter der Kolonne. Häuser tauchen aus dem Dunkel auf. Die Silhouette eines Kirchturms zeichnet sich ab. Es muss Missy-sur-Aisne sein. Mitten im Dorf liegen die Reste eines zerstörten Fahrzeuges. Artillerievolltreffer. Der Franzose weiß sehr wohl, dass alles durch diesen Ort muss. Mit den wenigen Batterien, die ihm noch zur Verfügung stehen, funkt er kräftig die ganze Nacht über in den Ort hinein. Das Krachen der detonierenden Granaten vermag aber nicht den endlosen Zug der vorrückenden deutschen Kolonnen aufzuhalten. In mustergültiger Disziplin marschieren die Geschütze, Pferde und Fahrzeuge durch die Dorfstraße. Der Franzose ist bereits ins Wanken gekommen. Die vielen Poilus, die standhielten, wurden niedergekämpft oder gefangengenommen.

Doch die quer zur Angriffsrichtung laufenden Flüsse bieten ihm immer wieder natürliche Verteidigungsmöglichkeiten. Französische Fremdenregimenter vor dem Ourq mit Polen, Tschechen und Rotspaniern werden gefangengenommen. Sie wurden schnell überwältigt. Über den Ourq stößt die Division weiter vor auf die Höhen von Villeneuve. Ohne Pause folgt Angriff auf Angriff. Dem Feind wird keine Zeit gelassen, sich von Neuem bereitzustellen.

In endlosen Kolonnen marschiert das Heer auf den Straßen seinen den Feind jagenden und niederkämpfenden Spitzengruppen nach. Die Division bahnt in diesen Tagen seit dem 5. Juni mit allen ihren Kräften den nachfolgenden Verbänden den Weg. Der Hauptwiderstand des Gegners ist mit der Erzwingung des Aisne-Überganges gebrochen, die Weygand-Stellungen sind durchstoßen, der Weg zur Marne ist frei.

»Panzerjäger nach vorn!«, brüllt in dem frühen Morgendunst ein Kradmelder Unteroffizier Ehrmann zu, welcher, halb schlafend, halb wachend, neben Sepp sitzt, der sie aus den Kämpfen um den Aisne-Übergang auf der Landstraße weiter vorfährt.

»Panzerjäger nach vorn!« Dieser Ruf elektrisiert die Bedienung. Jetzt werden sie wieder gebraucht, die Panzerjäger der Vorausabteilung. Vor einem Dorfausgang treffen sie den Kommandeur der Vorausabteilung wieder. Die ersten Teile sind schon losmarschiert. Unteroffizier Ehrmann erhält sofort Befehl, Anschluss zu gewinnen und mit der Spitzengruppe auf die Marne vorzustoßen.

»Heute Abend wollen wir noch an der Marne sein«, meint der Kommandeur.

»Verflucht, das sind aber noch einige Kilometerchen«, denkt im Stillen Unteroffizier Ehrmann. Doch Sepp hat schon wieder 80 oben und braust vor.

Bald treffen sie die Spitzenkompanie. Sepp muss umdrehen, neue Infanteristen holen. Die Bedienung geht wie beim Sturm auf den Chemin des Dames wieder im Mannschaftszug vor. Sie stehen seitlich der Straße. Da dröhnt es dumpf vor ihnen, wird stärker. Motorengeräusche von vorn.

»Feuerstellung rechts!« Ehrmann ist vorgeeilt.

»Da kommen sie!«, zischt leise Michel, als könne er durch lautes Sprechen seinen Standort verraten. Die Bedienung ist kampfbereit. Auf 50 Meter lässt Vriesen, der, mit dem Geschütz gut getarnt, vom Feind nicht gesehen wird, den Panzerkampfwagen herankommen, dann knallt er los. Schon beim zweiten Schuss schlägt eine Stichflamme heraus. Das schwarze Ungeheuer brennt, die Besatzung steigt aus. Beim Versuch zu wenden, trifft ein

Pakschuss die Kette des zweiten Panzers. Den Weg blockierend, liegt er fest. Die nächsten Schüsse setzen ihn in Brand. Damit aber ermöglicht er den Abzug seiner anderen zwei oder drei Kameraden.

»La direction, la direction!« Zweimal weist Unteroffizier Ehrmann mit der Hand in die Richtung nach rückwärts. Dann wissen die Gefangnen, wohin.

Niemand ist jetzt entbehrlich, der die Gefangenen bewachen könnte. Sie werden schon noch geschnappt werden.

»Stellungswechsel nach vorn!« Das nächste Kommando. Wieder geht es weiter. Plötzlich kommt Sepp an. Er hat acht Infanteristen auf seinem Kübel, sie freuen sich mächtig, diese lange Wegstrecke fahren zu können und wollen auch nicht aussteigen, als Ehrmann sein Geschütz wieder aufprotzt, um weiter vorzurücken; so gehen sie mit. Eine tolle Fahrt beginnt.

Am Wegrand stehen einige Pionierfahrzeuge. Ehrmann fragt die Fahrer, ob schon Sicherungen vorn seien. Aber das wissen die auch nicht. So gehen die Panzerjäger allein weiter vor. Irgendwo werden sie den vordersten Zug treffen.

Einsam und verlassen ist das Land. Vom Feind finden sie keine Spuren. Sicher steuert Sepp das schwer beladene Fahrzeug durch die Kurve.

»Da – Mensch, Franzosen!« Zwei Lastwagen kommen aus einem kleinen Feldweg heraus und biegen in die Landstraße Richtung Marne ein, vollgeladen mit Poilus, die rechtzeitig noch »stiften gehen« wollen.

»Hinterher! Hinterher!«, brüllen die Männer auf dem Pakgeschütz.

»Ran, Sepp, druff!«

Eine tollkühne Jagd beginnt. Jawohl, Panzer-»Jäger«, sie sind längst keine Abwehrwaffe mehr.

»Druff, druff!«, meint Michel. Sepp drückt schon so tief wie möglich den Gashebel herunter, doch der Abstand wird nicht kleiner. Jetzt verschwinden die Franzosen, die die Pak natürlich längst gesehen haben, im Wald. Unteroffizier Ehrmann wird dabei die Sache doch etwas ungemütlich. Sind sie nicht schon fünf oder gar acht Kilometer ohne Sicherungen auf freier Landstraße vorgefahren? Überall kann doch der Feind noch sitzen.

»Panzer!« Blitzschnell, kaum hatte er die Befürchtung erhoben, da sieht er schon einen Kampfwagen. In einer Waldschneise, dicht am Weg steht er.

Sepp kann gar nicht so schnell stoppen, über 80 Kilometer hat er drauf. Bis dicht vor den feindlichen Kampfwagen rollt die Pak, steht dann. Die Männer springen ab, die Infanteristen sind im Wald verschwunden, sichern, während Hermann und Klein die Holme auseinanderreißen, Michel schon lädt, kommt der Panzer auf das Geschütz zugefahren. Jetzt, das fühlen die Männer, beginnt der Entscheidungskampf, das Duell auf Leben und Tod. Die Kuppel dreht sich, und das Rohr der Kanone weist auf das ungedeckt stehende Geschütz, da merkt Vriesen, dass sie bei ihrer rasenden Fahrt das Zielfernrohr verloren haben. Er kann nicht zielen. Vor Schreck erstarrt die Bedienung.

Viele Kilometer den eigenen wenigen Kräften der Vorausabteilung vorangefahren, stehen sie einsam und verlassen einem feindlichen Kampfwagen auf Meter gegenüber. Näher und näher schiebt er sich. Warum schießt er denn nicht? Längst hätte er doch losballern müssen. Doch er scheint sich seiner Beute ganz gewiss zu sein und schiebt sich noch dichter heran. Da kracht ihm ein Schuss entgegen. Vriesen war doch schneller gewesen. Bruchteile von Sekunden später hört man schon den Aufprall. Ohne Zielfernrohr, mit bloßem Auge hat Vriesen gezielt. Zwar trifft er nicht genau, die Schüsse gehen kurz, prallen ab, streifen, doch schlagen sie in Sekundenabständen auf die Panzerplatten. Noch immer steht drohend und wie ein Ungeheuer der feindliche Kampfwagen vor ihnen, ohne einen Schuss abzugeben. Vielleicht hat er keine Munition mehr oder die Bedienung ist nicht vollzählig. Plötzlich bewegen sich wieder die Raupen, er rückt an, stoppt die linke Kette, während die rechte sich in den Sand mahlt und den Panzer herumdreht. Dann donnert er los, fährt ab, rückt aus. Ein befreiendes Aufatmen geht durch die Bedienung.

»Junge, Junge, das ist noch einmal gut gegangen.« Doch dort: neue Panzer!

Aus der gleichen Waldschneise rückt ein anderer, zwei, drei, vier Panzer heraus.

Sie kommen auf die Straße und drehen nach links ab, folgen ihrem fliehenden Führerkampfwagen, den Vriesen eben durch das heftige Pakfeuer verscheucht hat.

Es sind die restlichen Kampfwagen eines französischen Panzerzuges …

Michel meint dann, dass man jetzt erst Mittag essen müsse und Krieg, Krieg sein lassen soll.

Doch nicht lange währt die Ruhe, dann ist die Spitze der Vorausabteilung heran.

»Noch fünf Kilometer bis zur Marne«, meint der Leutnant.

Mit aufmontiertem MG fährt der Infanterieleutnant mit seinem Kübel vor, dann kommen Pioniere und die Panzerjäger sowie ein requirierter Lastkraftwagen mit Infanteristen. Alle sind schwer bewaffnet.

Der Wald lichtet sich. Jetzt geht der Blick frei über einen breiten Talgrund, an dessen Hängen sich Weinstöcke in vielen, vielen Reihen entlang ziehen. Zweimal peitscht ein kurzer MG-Feuerstoß der Vorausabteilung hinterher. Doch niemand kümmert sich darum. Im Wald sitzen natürlich noch Franzosen. Leicht fällt die gerade Straße ab und führt geradewegs zur Marne, die sich durch den Talgrund zieht.

Jetzt aber drehen die Fahrer auf. Noch 1.000 Meter bis zur Marne, 800 Meter, 500, 300 Meter, dann kommt die Brücke, die es unzerstört zu besetzen gilt.

Die Franzosen müssen einfach überrumpelt werden.

Ein dumpfer Knall, Staub wirbelt auf, Splitter sausen umher. Wumm, wieder schlägt eine Granate ein. Aus ganz kurzer Entfernung geschossen, detonieren Artilleriegranaten auf der Straße, fassen die vorstürmende Wagenkolonne. Unteroffizier Ehrmann schaut gerade vor sich, sieht, wie der Staub aufwirbelt zu einer

Fontäne. Verflucht! Was ist denn bloß los? So zum Greifen nah war doch das Ziel. Wir können doch nicht zerschlagen werden!

Links und rechts springen die Männer in Deckung. Der erste Kübelwagen brennt lichterloh. Volltreffer der französischen Feldhaubitze, die in dem Garten des ersten Hauses steht, man sieht ihr Mündungsfeuer, sieht, wie die Kanoniere laden. Gegen die Gewalt dieser Schüsse sind die Männer machtlos. Doch während noch die Haubitze auf die Fahrzeuge an der Straße schießt, ist schon ein Stoßtrupp angetreten, die Bedienung von rückwärts zu fassen und sie auszuheben. Die Körper der anderen krallen sich tief in die Erde. Die Panzerjäger müssen bei ihrem Geschütz bleiben. Während sie von einem Splitterregen übersät werden, wühlen sich die Hände tiefer in die Ackerfurchen ein.

Die Fahrzeuge auf der Straße aber sind verloren. Wirr fliegen sie durcheinander. Die Benzintanks explodieren. Mit donnerndem Getöse geht der Kübelwagen Sepps in die Luft. Ehrmann schaut zum Geschütz, es ist zerstört, liegt mit zerschlagener Zieleinrichtung im Straßengraben. Wohl ist die Pak vernichtet, nicht aber sind die Panzerjäger deshalb geschlagen. Panzerjäger sind auch Infanteristen.

Unteroffizier Ehrmann hebt den Arm, weist zur Marne und stürmt vor. Die Männer folgen ihm. Sie haben alle eine Waffe, Michel sogar ein MG. Während der Stoßtrupp die Feldhaubitze zum Schweigen bringt und die Bedienung gefangen nimmt, stürmen die Panzerjäger mit den übrigen Schützen auf die Marne zu. Im Laufschritt eilt Vriesen die Straße entlang. Unteroffizier Ehrmann findet seinen Schützen Klein, dessen Lungenflügel beben. Er ist von einem Splitter verletzt, wollte aber doch noch mitstürmen, liegt nun aber still.

»Warte, wir schaffen es schon!« Ehrmann stürmt weiter. Mit fünf Infanteristen und einem Pionierunteroffizier kommen Ehrmann, Vriesen und die beiden Panzerjägerschützen am Marneufer an. MG-Schüsse peitschen ihnen da vom anderen Flussufer herüber. Dort sitzt der Feind noch, hartnäckig hält er wieder seine Stellung.

Der Brückensteg ist zerstört, im letzten Augenblick von der Gegenseite gesprengt.

Verstärkung kommt. Die Vorausabteilung ist heran mit allen Kräften und nimmt das diesseitige Flussufer in Besitz.

»Wir müssen 'rüber! Wir müssen 'rüber!« Unteroffizier Ehrmann sitzt mit seinen Männern und dem Pionierunteroffizier in einem Kellerloch. »Rüber, ehe sich die Franzmänner in der Nacht von Neuem festsetzen können! Bloß wie?«

»Schwimmen!«, meint der Pionier.

Vier schwere MG sind vorhanden; sie werden verteilt. Der Kommandeur ist plötzlich da, sieht, wie Ehrmann und der Pionierunteroffizier sich fertigmachen, hört ihren Plan, überlegt kurz, ernst. Kann man es wagen, zwei seiner Männer für so ein gewagtes Unternehmen anzusetzen?

»Sie müssen das erste Haus, wo das MG-Feuer immer herüberkommt, sprengen! Nichts weiter. Verstanden?« Ein toller Plan. Nach all den Anstrengungen des Tages ist Ehrmann frisch wie immer. Ob Ausziehen nötig ist?

»Wir können doch nicht nackend zu den Franzmännern 'rüber!« Also in voller Uniform. Nur der Sprengstoff wird in einer Kiste nachher herübergezogen. Der Pionierunteroffizier nimmt ein Seil mit hinüber.

Die vier MG hämmern auf einen Schlag los, knallen auf die Kellerstellung des Gegners am anderen Ufer. Der schweigt.

Jetzt also gilt es. Mit einem mächtigen Anlauf springen die beiden Korporäle von dem Brückenpfeiler in das grüne Wasser der Marne, das spritzend über ihren Köpfen zusammenschlägt, dann tauchen sie wieder auf, schwimmen in schnellen Stößen hinüber. Mächtig treibt die Strömung sie ab. In atemloser Spannung verfolgen die Männer das Ringen ihrer Unteroffiziere mit den Fluten. Drei, fünf Minuten vergehen, dann steigen sie drüben an Land, klammern sich keuchend ans Ufer, suchen Deckung, merken, dass sie sicher sind und ziehen rasch die Kiste mit Waffen und der Sprengladung herüber. Der Gegner scheint nur wenige Truppen im Ort zu haben. Ungehindert können die beiden Unteroffiziere arbeiten.

Eine halbe Stunde später zeigt ein donnerndes Krachen den Männern an, dass das feindliche Nest ausgehoben ist.

Während der Gegner noch in der Nacht versucht, durch neue, aus der Maginotlinie herausgezogene Truppen, die er mit Omnibussen an die Marne wirft, den deutschen Vormarsch aufzuhalten, beginnt bereits der Übergang über die Marne.

Am folgenden Tage stehen die Brücken. Ein anderes Bataillon erkämpft den Brückenkopf und sichert schon einige Kilometer südlich. Am späten Abend kommen dann deutsche Panzer. Die ganze Nacht durch rollen sie über die Brücken und noch den folgenden Tag. Ein Panzerkorps stößt nun durch die von der Infanterie erkämpfte Durchbruchstelle, um in schnellem Zuge den geschlagenen Gegner zu verfolgen, ihn über die Seine und Yonne zu jagen.

Wenige Tage später meldet der Wehrmachtbericht, dass diese Panzerkräfte die Schweizer Grenze erreicht haben. Der Kampf in Frankreich ist mit der Erzwingung des Marneüberganges entschieden. Was bleibt, sind Verfolgungskämpfe.

Während das Panzerkorps über die Marne geht, hat die Infanteriedivision einen Tag Ruhe. Unteroffizier Ehrmann sammelt seine Bedienung. Klein fehlt, er ist schon zurücktransportiert. Sepp arbeitet noch an den Trümmern seines Kübelwagens. Aber viel ist davon nicht zu retten. Mit diesem Tag ist der Kampf der Panzerjäger dieser Vorausabteilung zu Ende.

Unteroffizier Ehrmann übernimmt ein anderes Geschütz, dessen Unteroffizier gefallen ist. Der Gefreite Vriesen erhält auch ein Geschütz, während Hermann und Michel zusammen mit Sepp zum zweiten Zuge kommen. Wenn sie vom Kampf sprechen, gehen ihre Erinnerungen immer zurück an die Zeit des Kampfes bis an die Marne.

# Mysterium um Carignan

Der kleine Hohlweg nach Carignan trug noch deutlich die Spuren des frischen Kampfes. Umgekippte Kraftwagen, fast völlig ausgebrannt, machten am Straßenrand Kopfstand, geknickte Telegraphenstangen hoben sich als Silhouette vom Abendhimmel ab und ein Knäuel von Telefondrähten hing wirr durcheinander über den Trümmern. Verwilderte Hunde jagten heulend über die Felder und in den kalten, stechenden Brandgeruch mischte sich der Gestank verwesender Pferdekadaver.

In Gedanken vertieft, schlenderte Friedrich Kuhlmann seinem Quartier zu. Hier irgendwo, nicht weit von dem schon immer hart umkämpften Sedan entfernt, hatte vor 23 Jahren auch sein Vater gestanden und auch denselben grauen Rock getragen. Hier irgendwo auf den weiten Feldern des Kampfes hatte er damals sein Leben gelassen.

Das dumpfe Dröhnen der französischen Artillerie riss Friedrich Kuhlmann aus seiner Versonnenheit.

Na ja, acht Uhr war ja schon immer die Zeit des Franzosen, dachte er und wunderte sich eigentlich gar nicht darüber. Dennoch sah er sich sicherheitshalber nach einer geeigneten Deckung um, denn die Einschläge der 15-Zentimeter-Granaten rückten ihm verdammt nahe auf den Leib. Mehrere Male musste er sich platt auf den Boden werfen, um dem Hagel der tausend Splitter zu entgehen.

Eingedreckt von Kopf bis Fuß kam er bei seinen Kameraden in Carignan an.

»Ich glaube, die Kerls müssen mich gesehen haben«, behauptete er, »denn unterwegs hat mich die halbe französische Artillerie mit ihrem Segen beglückt!«

Wachtmeister Haunhorst, der Führer des leichten Funktrupps, saß auf den Mauerresten und hatte den Kopf in die Hände gestützt.

»Ja, irgendetwas scheint mir hier nicht zu stimmen«, meinte er. »Das kann auch nur der Teufel wissen, was der Franzmann an diesem elenden Kaff gefressen hat. Jeden Abend und jede Nacht diese sinnlose Ballerei!«

Tatsächlich war Carignan umwoben von einem Mysterium. Von dem ganzen Städtchen stand kaum noch ein Haus und nur vereinzelt schauten hohle Giebel anklagend aus dem großen Trümmerhaufen. Dreimal war die Funkstelle von einem Stadtende zum anderen umgezogen, und immer wieder war das feindliche Feuer genau auf diese Stelle gerichtet worden. Der Teufel mochte wissen, wie das zusammenhing …

Mit einem frischen Lied auf den Lippen marschierte ein deutsches Infanteriebataillon durch Carignan und dumpf hallte der Gleichschritt aus den Ruinen wider.

»Gleich wird es wieder krachen«, sagte Fritz Lindemann und leider sollte er Recht behalten. Nur wenige Minuten vergingen, bis die ersten französischen Granaten zischend heranbrausten und mit lautem Dröhnen im Zentrum des Städtchens krepierten. Zwei von ihnen hatten genau die Holzbrücke über dem Fluss getroffen und ein buntes Durcheinander von kleinen Holzteilen wirbelte durch die Luft. Das Lied der Infanteristen war verstummt und wehklagenden Schreien gewichen.

»Volle Deckung!«

Schrill hallte das Kommando durch die Straßen. Hunderte von Infanteristen spritzten auseinander, suchten nach einem Granattrichter oder einem stehengebliebenen Keller. In einem Augenblick war von dem ganzen Bataillon kaum ein Mann mehr zu sehen. Ein armer Teufel, das Bein und der Unterleib in Fetzen und das Gesicht perlweiß, wurde von zwei Kameraden hinter einen Wall gezerrt.

20 Minuten lang dauerte der Beschuss, dann hatten sich die feindlichen Batterien, die wohl zehn oder zwölf Kilometer entfernt stehen mussten, wieder ausgetobt. Der Bataillonskommandeur gab das Zeichen zum Sammeln, einzeln kamen die Männer aus ihren Löchern hervor. Die Kompaniechefs erstatteten

Meldung. 13 Tote, 21 Verwundete … Der Krieg benötigte nur wenige Sekunden, um Menschenleben zu zerstören.

»Rührt euch, ein Lied!«, krächzte der Kommandeur hörbar angeschlagen. Die Feldgrauen, nun völlig verstaubt, setzten ihren Marsch fort, doch ihr Lied klang nun ganz anders.

Die Pioniere aber fluchten die Hölle vom Himmel herunter. Zum zweiten Male war es ihnen innerhalb der letzten beiden Tage schon passiert, dass die Holzbrücke zerschossen worden war, obgleich sie jedes Mal an einer anderen Stelle aufgebaut wurde. Auch ihnen kam der Fall Carignan irgendwie geheimnisvoll vor.

Der Funktrupp Haunhorst war inzwischen auch wieder aus seinen Verstecken hervorgekrochen und hatte sich zur gemeinsamen Abendtafel zusammengefunden. Das musste man Heinrich Schuhmann schon lassen: als Küchenchef machte er sich ausgezeichnet. Im Zivilberuf war er zwar Schneider, aber allmählich hatte er es auch gelernt, ein gutes Mahl zu bereiten. Pünktlich zur gewohnten Stunde ließ er gar gewaltig die Kuhglocke ertönen, die er einmal auf der Koppel gefunden hatte, klemmte sich fachmännisch eine Serviette unter den Arm und wies mit graziöser Handbewegung auf den Tisch: »Es ist serviert, meine Herren! Heringe in Tomaten, frische Kuhbutter, Dauerwurst mit Speckeinlage und Käse ohne Rinde zum Nachtisch.«

Der etwas wackelige Tisch stand nur noch recht mühsam auf seinen vier Beinen, war aber dafür umso gemütlicher gedeckt. Ein rot kariertes Bettlaken war kurzerhand zum Tischtuch ernannt worden, und die wohl aus einem Dutzend zerschossener Häuser zusammengetragenen vielfarbigen Teller, Messer und Gabeln ließen das Bild noch bunter werden. Den Mittelpunkt des Tisches bildete ein Bierglas, das Heinrich Schuhmann mit Kuhblumen und allerlei farbigen Gräsern gefüllt hatte.

»Ihr könnt ruhig alles aufessen, was auf dem Tisch steht«, bemerkte er gönnerhaft, »denn für unsere fünf Funker, die gerade Dienst machen, habe ich die Portion im Eisschrank zurückgestellt.«

Heinrich Schuhmanns Eisschrank war ein Kapitel für sich und bestand aus einer alten Zinkwanne, halb mit kühlem Brunnenwasser gefüllt, die er einen Meter tief in die lehmige Erde eingebuddelt hatte. Man musste sich im Krieg schon irgendwie zu helfen wissen …

Inzwischen hatte sich nachtschwarze Dunkelheit über das französische Schlachtfeld gelegt.

Tiefster Friede schien über dem Land zu liegen, weit und breit fiel kein Schuss, und nur die züngelnden Flammen, die stoßweise aus den hohlen Giebelfenstern hervorpufften, mahnten immer wieder daran, dass ein unerbittlicher Krieg über die Städte, Straßen und Wälder Frankreichs hinweggegangen war.

Zwischen den hoch aufgetürmten Trümmern von Carignan hatte sich der Funktrupp Haunhorst um seinen Wachtmeister geschart. Zunächst wurden noch einige dienstliche Dinge besprochen, und dann hielt man ein kleines Plauderstündchen ab. Die Kameraden sprachen von ihrer Heimat, von ihren Eltern, ihren Frauen und Kindern. Unteroffizier Lammers nahm sein Schifferklavier zur Hand, setzte sich auf den Rest einer Hausmauer und spielte leise ein Lied vor sich hin: »Wenn i komm, wenn i komm, wenn i wieder, wieder komm …«

Fritz Lindemann gesellte sich mit seiner Mundharmonika dazu und Udo Landsberg versuchte vorsichtig, auf einer nur mühsam mit wenigen Saiten bespannten Laute einige Akkorde anzuschlagen. Lieder der Heimat erklangen, und die Jungs im feldgrauen Rock sangen nach Herzenslust mit.

»Ich glaube, wir bekommen Besuch!«

Friedrich Kuhlmann war aufgestanden und deutete mit der rechten Hand auf die Gestalten, die sich aus dem Dunkel lösten und immer näher herankamen. Das hatte sich in den letzten Tagen so eingebürgert, dass die Pioniere mit den Funkern gute Nachbarschaft hielten und sich abends zu einem kleinen Plauderstündchen zusammenfanden.

»Schönen guten Abend, Kameraden, was macht die hohe Funkerei? Ihr sitzt hier so friedlich zusammen, als hättet ihr überhaupt nichts mehr zu tun!«

Heinrich Schuhmann war aufgesprungen und hielt einen längeren Vortrag über die Funkerei im Allgemeinen und im Besonderen.

»Bildet euch nur nicht ein, dass ihr nur alleine Brücken bauen könnt! Dasselbe wie ihr, machen wir am Tage manchmal hundertfach! Jawohl, hundertfach, ich kann es nur immer wieder betonen! In wenigen Sekunden überbrücken wir mit den primitivsten Mitteln oft 50 und 60 Kilometer, und ohne meine Nachrichtentechnik könntest du als Pionier überhaupt nicht arbeiten. Du könntest keine Verstärkung heranholen, wenn es mal nötig ist, und du könntest auch kein Baumaterial anfordern, wenn wir Nachrichtenmänner nicht da wären!«

Der kräftige, baumlange Pionier und der etwas untersetzte Funker hatten sich so in Eifer geredet, dass es sich fast anhörte, als baue der Pionier ganz alleine sämtliche Brücken in Frankreich und Heinrich Schuhmann sei persönlich und allein verantwortlich für das gesamte Nachrichtenwesen des Krieges.

»Aha«, sagte der Pionier, »jetzt kommen wir dem Kern der Sache schon etwas näher. Schön, ich gebe zu, dass wir euch brauchen, aber genau so bitter nötig sind wir Pioniere für euch. Was hätten zum Beispiel heute eure Kradmelder gemacht, wenn wir die zerschossene Brücke nicht gleich wieder in Ordnung gebracht hätten? Und euer Verpflegungswagen würde jetzt noch am anderen Ufer des Flusses stehen, wenn … ja, eben wenn wir Pioniere nicht dagewesen wären. Einer braucht eben den anderen, und so ist das in der ganzen Wehrmacht! Im Übrigen weißt du alter Knabe das ja selbst ganz genau, aber du musst ja immer so'n bisschen sticheln!«

Heinrich Schuhmann kratzte sich verlegen hinterm Ohr und schien schwer nachzudenken.

»Na ja, Recht haste schon, und ein ganz ordentlicher Kerl biste außerdem auch noch. Nun setz dich aber erst mal auf deine vier Buchstaben, alldieweil ich uns noch etwas Tee kochen will.«

Mit diesen Worten entfernte er sich, während sein Kamerad Pionier einen beachtlichen Mauerstein heranrollte und sich unter die plaudernde Gruppe setzte.

Unteroffizier Lammers hatte wieder sein Schifferklavier genommen und spielte ein frohes Soldatenlieder-Potpourri. Da war aber auch alles drin, von den Blauen Dragonern bis zur Erika, von der Rosemarie bis schließlich zum Engeland-Lied.

»In der Heimat, in der Heimat, da gibt's ein Wiedersehn …«

Der frische Gesang der Funker und Pioniere schallte dazu durch die Nacht und kam hohl aus den Trümmern von Carignan zurück. Er machte die Beschwerlichkeiten des Krieges, die vielen grausamen Anblicke verstümmelter Leichen und niedergebrannter Landschaften, die sich tief ins Hirn eingebrannt hatten, zumindest für einige Minuten vergessen.

Heinrich Schuhmann hatte inzwischen einen großen Kochtopf hervorgeholt und das Teewasser aufgesetzt. Sein Herd bestand aus vier Ziegelsteinen, die er geschickt um ein noch schwelendes Feuer gelegt hatte.

»Es dauert zwar ein bisschen länger«, sagte er, »aber dafür ist die Feuerung auch kostenlos.«

Unteroffizier Lammers legte sein Schifferklavier beiseite und stützte seinen Kopf in die Hände.

»Mir ist ganz heimatlich geworden«, sagte er. „Merkwürdig, wie doch ein Lied, das unsere Väter 1914 auch schon gesungen haben, auf einen Menschen einwirken kann.«

»Ihr habt ganz Recht, Jungs, mir geht es nicht viel anders. Ich muss auch immer wieder an die Heimat denken.«

Wachtmeister Haunhorst ließ seine Augen über die noch rauchenden Ruinen gleiten.

»Stellt euch vor, wir hätten diesen ganzen Krieg im eigenen Lande erlebt! Es läuft mir kalt über den Rücken, wenn ich daran denke, dass unsere Städte genauso aussehen würden wie

Carignan; wir würden nicht wissen, wo sich unsere Angehörigen aufhalten und müssten dann mit dieser Ungewissheit kämpfen.«

»Da können wir unserem Hermann dankbar sein«, fiel Unteroffizier Lammers ein. »Das hat er wieder mal sauber hinbekommen. So wie damals in Polen hat er auch jetzt wieder dem Franzmann die paar Sachen von Flugzeugen rechtzeitig zerschlagen, und dem da drüben« – er meinte die Engländer – »wird es nicht viel anders ergehen. Wenn unsere Flieger erst mal richtig auf Touren kommen, bleibt kein Auge mehr trocken. Auch von den Tommy-Flugzeugen werden schließlich nur so viele Exemplare übrigbleiben, wie wir für die Luftfahrtausstellung in Berlin zu Museumszwecken brauchen ...«

Inzwischen hatte das französische Heer wieder mit einem kleinen »Abendsegen« begonnen, und auch Carignan bekam sein Teil ab. Das Gespräch war wieder auf das »Mysterium der Ruinenstadt« gekommen.

Udo Landsberg blieb hartnäckig dabei, dass hier etwas nicht stimme. Man riet hin und her, überlegte tausenderlei Möglichkeiten, aber einstweilen tapste man doch völlig im Dunkeln und fand keinen stichhaltigen Grund für das Mysterium, das Carignan umwob.

Die Pioniere teilten mit den Funkern die gleiche Ansicht. In den letzten Tagen war es ihnen unverständlich geblieben, dass die französische Artillerie ausgerechnet ihre Holzbrücke immer wieder unter Feuer genommen hatte, obwohl sie mehrfach an anderer Stelle geschlagen worden war.

»Jetzt macht aber alle, dass ihr in eure Klappe kommt, denn morgen früh ist die Nacht zu Ende!«

Die Stimme Heinrich Schuhmanns hatte so gebieterisch dazwischengehauen, dass sich alle von ihren Plätzen erhoben. Pioniere und Funker wünschten sich eine gute Nacht und zogen sich dann in ihre notdürftigen Quartiere zurück. Nur Heinrich Schuhmann hatte noch eine ganze Weile herumzuwirtschaften, denn er war sehr um das Wohl seiner Kameraden besorgt.

»Für die drei Mann, die ab zwei Uhr morgens Funkdienst haben, stelle ich eine Thermosflasche mit heißem Kaffee auf das Fensterbrett. Vergesst nicht, die Pulle mitzunehmen!«

Mit diesen Worten zog auch er sich in seine Gemächer zurück.

*

Von dem kleinen Funkwagen war kaum etwas zu sehen. Die beiden großen Ahornbäume ließen ihn fast völlig verschwinden, und außerdem war er mit Tannenästen so geschickt getarnt, dass selbst der beste Beobachter aus einem Flugzeug hier niemals eine Funkstelle vermutet hätte. Tag und Nacht aber waren die Funker bei der Arbeit und sorgten ununterbrochen gemeinsam mit den Fernsprechern für die Nachrichtenverbindung in ihrem Abschnitt.

Das vertraute tü…tü…tü der Morsezeichen erfüllte das Innere des Wagens. Gefreiter Harth hatte den Kopfhörer um und nahm gerade einen Funkspruch von der Nachbardivision auf. Funker Groß hatte den zweiten Hörer genommen und schrieb Buchstabe für Buchstabe mit, um seinem Kameraden die Arbeit etwas zu erleichtern, während die beiden anderen Soldaten sich mucksmäuschenstill verhielten.

Beide nahmen zugleich den Hörer ab.

»Das ist ja heute wieder zum Kotzen mit den blödsinnigen Gewitterstörungen. Man kann ja kaum eine Silbe aus dem dauernden Gekrache und Gekrächze heraushören.«

Die beiden Funker setzten sich zusammen und verglichen die Buchstaben.

»Na, das hätten wir ja wieder sauber hinbekommen«, meinte Harth und machte sich sofort ans Entschlüsseln. Kaum fünf Minuten später lag der Funkspruch fertig ausgeschrieben da und Groß weckte mit derben Kriegerworten den Kradmelder, der sich wie ein Regenwurm auf der schmalen Bank zusammengerollt hatte.

»Steh' auf und mach, dass du fort kommst! Du musst sofort zur Division!«

Bert Winter rieb sich den Schlaf aus den Augen, reckte sich noch einmal kräftig und fuhr dann mit einem Satz in die Höhe. Er hielt sehr viel vom Schlaf und fand es jedenfalls unbarmherzig, einen Menschen um Mitternacht zu stören. Dennoch sah er die Notwendigkeit seiner Tätigkeit ein und knatterte gleich darauf mit seinem Funkspruch davon.

Erwin Harth hatte den Hörer wieder umgenommen und kurbelte unermüdlich auf der Skala hin und her, um ja keinen Funkspruch zu verfehlen. Mit einem Ruck griff er zu den beiden Muscheln und schob sie von den Ohren fort.

»Was soll der Quatsch denn schon wieder? Hier sitzt mir ein verdammt lauter Sender genau auf meiner Welle und knallt mir in die Ohren, dass mein Trommelfell jeden Augenblick zu platzen droht. Gib mal gleich 'nen Holzhammer her, ich will dem drüben mal meine Meinung sagen!«

Die Kameraden freuten sich immer, wenn Harth schimpfte, weil er das so gut konnte.

»Was hat der auf meiner Welle zu suchen! Wenn der nicht gleich aufhört, werde ich eine Briefkastenbeschwerde an den Generalanzeiger richten ...« Das Schimpfen half, denn der störende Sender hörte wie auf Kommando auf.

»Na bitte, warum nicht gleich so! Muss man immer erst grob werden ...«

Wachtmeister Haunhorst sah auf die Uhr.

»Es ist zehn Minuten vor zwei. Schmidt, laufen Sie 'rüber zum Quartier und wecken Sie die anderen vier Funker!«

Zur festgesetzten Stunde erschienen die Kameraden, die Thermosflasche mit dem heißen Kaffee unter den Arm geklemmt und noch etwas reichlich verschlafen von dem nicht gerade sehr weichen Lager.

Die Nacht verlief ohne besondere Zwischenfälle, aber schon am Morgen brach wieder die Hölle los. In der näheren Umgebung Carignans setzte starkes französisches Artilleriefeuer ein und der Hagel der Granaten lag merkwürdigerweise immer wieder an den Punkten, an denen sich deutsche Kolonnen blicken ließen.

Auch die neugebaute Brücke der Pioniere bekam wieder ihren Teil ab, wenn es diesmal auch nur Splitter waren. Immer fester wurde bei den Soldaten die Vermutung, dass tatsächlich ein Geheimnis über der Ruinenstadt lag.

Wachtmeister Haunhorst stand auf der kleinen Anhöhe und sah angestrengt durch sein Glas.

»Sehen Sie mal durch, Lammers! Sollte der Franzose etwa von jenem kleinen Waldstück dort drüben doch diese Straßengabel vor Carignan einsehen können?«

Unteroffizier Lammers suchte den ganzen Horizont ab.

»Schon möglich«, sagte er, »wenn die dort ein gutes Scherenfernrohr stehen haben … Übrigens, was mag jener kleine runde Punkt dort hinten eigentlich zu bedeuten haben? Sollte das etwa ein Fesselballon sein?«

Wachtmeister Haunhorst nahm nochmals seinen Feldstecher.

»Sie könnten Recht haben … Auf jeden Fall lassen Sie sofort Warnungstafeln an den beiden Straßen, die nach Carignan führen, anbringen!«

Unteroffizier Lammers ging sofort an die Ausführung des Befehls.

»Schuhmann. Sie sind doch so ein Allerweltskerl und können sicher auch gut zeichnen. Malen Sie gleich mal zwei Schilder mit der Aufschrift ›Straße liegt unter Beschuss‹ und ›Achtung, Feind sieht ein!‹«

Schuhmann riss die Hacken zusammen und wollte nach so etwas sagen wie »Noch nie Schilder gemalt«, sah dann aber das energische Gesicht seines Unteroffiziers, machte eine Ehrenbezeigung und verschwand. Bei völliger Dunkelheit machte er sich nachts mit zwei weiteren Kameraden auf den Weg, um die Schilder anzubringen und von nun an wurde jeder deutsche Soldat, der nach Carignan kam, schon rechtzeitig gewarnt. Die Funker und Pioniere aber waren der Ansicht, dass sie das Mysterium der Ruinenstadt damit gelöst hatten.

Versonnen wanderte Erwin Harth am Abend zu seinen Kameraden hinüber, die im Funkwagen Dienst taten. Er hatte seine eigene Meinung über jenes Mysterium, wagte es aber einstweilen noch nicht auszusprechen.

»Nun, habt ihr heute wieder viel zu tun?«

»Im Augenblick ist nichts los, aber vorher jagte ein Funkspruch den anderen und wir sind kaum zur Besinnung gekommen. Meine Butterstullen haben mich die ganze Zeit höhnisch angelacht, aber ich konnte sie nicht verdrücken, da mir einfach keine Zeit blieb.«

Im Wagen herrschte drückende Hitze, da die Fenster wegen der Verdunkelung nicht geöffnet werden konnten, und der Schweiß lief den Soldaten von der Stirn.

»Herr Wachtmeister, dürfen wir Marscherleichterungen machen?«

Wachtmeister Haunhorst sah seine Männer dicht zusammengedrängt in dem Fahrzeug sitzen. »Na, meinetwegen. Haken der Feldbluse und oberster Knopf auf!« Dann nahm er sich einen zweiten Hörer, um den Funkverkehr zu überwachen. »Die Gegenstelle scheint uns nur sehr schlecht zu hören, da sie dauernd Rückfragen hat. Wir müssen sofort die Antenne umlegen. Groß und Meier – ihr habt gerade nichts zu tun. Also: in 20 Minuten hängt die neue Antenne in der Spitze der Baumkronen!«

Die beiden Funker schnappten sich die Trommel mit Antennendraht. Im Nu war Groß auf dem Baum.

»Das haben wir ja geübt. Wenn es früher nicht schnell genug ging, bin ich schon oft genug fünfzehnmal einen Baum rauf und runter geklettert. Na, Ordnung muss sein, und jetzt kann ich es endgültig …«

Ganz außer Atem trat ein Kradmelder in den Wagen und holte einen Brief aus seiner Kartenmeldetasche.

»Dringender Funkspruch zum Armeekorps! Sämtliche Fernsprechleitungen sind gestört. Ich werde heute sicher noch öfter hier erscheinen! Außerdem habe ich hier noch einen Befehl für Herrn Wachtmeister Haunhorst.«

Zwei Mann machten sich sofort ans Verschlüsseln des Funkspruchs und 10 Minuten später hatte sich der Text in ein unentwirrbares Durcheinander von bunten Buchstaben verwandelt. Wie das tak…tak…tak eines Maschinengewehrs hämmerte die Morsetaste dann den Spruch in den Äther.

Wachtmeister Haunhorst wandte sich an Lammers.

»Morgen muss ich Sie hier alleine lassen. Sämtliche Truppführer sind zu einer Besprechung zum Funkleiter nach Blagny befohlen worden.«

*

Der nächste Tag brachte für Carignan wieder einige Überraschungen. Obwohl die beiden Tafeln am Wege warnend darauf hinwiesen, dass die Straße vom Feinde eingesehen werde und unter Beschuss liege und obwohl die Pioniere an der gefährdeten Stelle Tarnnetze gespannt hatten, blieb das unheimliche Ereignis nicht aus. Inzwischen hatte es sich auch schon in der ganzen Umgebung herumgesprochen, dass Carignan ein gefährliches Pflaster war und jeder Soldat beschleunigte seine Schritte, wenn er die Ortschaft passieren musste. Ein leichtes Gruseln lief ihnen schon über den Rücken.

Von den Warnschildern ab hatte der Führer der Radfahrabteilung doppelte Abstände befohlen, aber noch ehe die Kolonne auseinandergezogen war, näherten sich schon wieder zischend die ersten französischen Granaten.

Unteroffizier Grothe, ein baumlanger Pionier, der eben noch mit drei seiner Männer an der Holzbrücke gestanden hatte, tobte wütend los: »Zum Teufel noch mal, was ist das bloß mit diesem verfluchten Carignan! Den ganzen Vormittag über war es ruhig und gerade jetzt in dem Augenblick, wo sich ein paar deutsche Soldaten nähern, geht der Feuerzauber wieder los. Kann der da drüben denn immer noch von irgendwo einsehen? – Passt mal auf, gleich hat er auch wieder unsere Brücke vor, aber dann ist es endgültig aus mit meiner Freundschaft!«

Aber alles Fluchen und Schimpfen half nichts. Das Mysterium der Ruinenstadt blieb einstweilen immer noch ungelöst …

46

Etwa sechs Kilometer weiter südlich von Carignan lag einsam und verlassen die Sailly-Ferme und träumte von ruhigen Friedenszeiten, in denen die Kühe auf den Wiesen grasten und die Bauern mit ihrer Sense durch das Korn gingen. Jetzt war auch über sie der Krieg hinweggegangen. Das Wohnhaus lag völlig zerschossen da und von dem Viehstall war auch nur noch ein hohles Gerippe übriggeblieben.

Weit und breit war kein Mensch zu sehen und der kleine Fernsprechtrupp, der seine Vermittlung in der alten Scheune der Sailly-Ferme eingerichtet hatte, war völlig auf sich selbst angewiesen.

Gefreiter Franken stand mit seinem Kameraden Haug an dem alten Weidenbaum und sah hinüber nach Carignan.

»Der Franzose scheint etwas gegen unseren Funktrupp und gegen alle Soldaten zu haben, die sich in und um Carignan bewegen. Sieh mal, jetzt pflastert er schon wieder einige ganz hübsche Koffer dort herein. Die Funker meinen ja, dass da irgendeine geheimnisvolle Geschichte dahintersteckt und wollen der Sache angeblich auch schon auf der Spur sein. Etwas unheimlich ist das ja mit Carignan …«

Die beiden Fernsprecher wurden in ihrem Gespräch über das Geheimnis der Ruinenstadt unterbrochen, denn gerade kam der 2. Bautrupp an, lachend und fluchend zugleich, wie das so bei Landsern üblich ist.

»Heute langt's mir aber wieder! An die 32 Kilometer Strippe haben wir gezogen, und dabei hat die Sonne gebrannt, dass man sich das Hemde auswringen könnte! Erstens haben wir jetzt einen unheimlichen Kohldampf, zweitens Durscht für zwanzig und dann sind wir müde für hundert.«

Die Fernsprecher verdrückten eine anständige Abendportion, rollten sich in ihre Zeltbahnen und wühlten sich tief ins dicke Stroh ein. Wenige Minuten danach schnarchte es aus allen Ecken und nur die beiden Männer an der Vermittlung hielten eisern

Wache. Sie saßen auf großen Strohbündeln, hatten die Karbidlampe an einen Holzbalken gehängt und stellten laufend eine Verbindung nach der anderen her. Recht merkwürdig hörten sich dabei die Decknamen für die einzelnen Züge beziehungsweise Kompanien an.

»Hier Vermittlung Schaufel – ich gebe Eidechse. – Wen wollen Sie? Führer von Backfisch? – Spricht gerade, bitte rufen Sie später!«

Eine Ruhepause gab es kaum und setzte der Sprechverkehr mal für einige Augenblicke aus, dann machte die Vermittlung Leitungsproben nach allen Richtungen hin.

»Du, ich ahne Fürchterliches! Merkst'e was? Blindschleiche meldet sich nicht und es kurbelt sich auch so verdammt leicht!«

Die beiden Fernsprecher versuchten es dreimal, viermal, aber Blindschleiche, in Wirklichkeit das I. Bataillon, gab keine Antwort.

»Störungssucher raus!«

Bei diesem Ruf zuckte jeder Fernsprecher, selbst wenn er noch so fest schlief, wie elektrisiert zusammen.

»Donnerwetter noch mal, ich kann meine Knochen kaum noch bewegen!« Paul Hensel machte sich sofort mit Fritz Mauermann und Junior, dem Jüngsten unter ihnen, fertig. Mit Drahtgabel, Kabelrolle und einem Feldfernsprecher zogen sie hinaus in die dunkle Nacht, um die Störung zu beseitigen.

Die Fernsprecher hatten so ihre bestimmten Feinde: Kühe, die sich in ihrer Dusseligkeit in die Leitungen verwickelten und sie zerrissen; Saboteure, die die Strippen durchschnitten; und nicht zuletzt die feindliche Artillerie, die nicht selten aus Gehässigkeit den Draht zerschmetterte.

Die drei Fernsprecher hatten das Kabel in die Hand genommen, gingen an ihm entlang und machten etwa alle 300 Meter eine Stichprobe. Zu Schaufel, der eigenen Vermittlung, war alles in Ordnung, aber Blindschleiche meldete sich auf dem Versuchsapparat immer noch nicht.

»Also weiter! Der Fehler muss ja denn in Richtung Blindschleiche liegen!«

»Na, wenn ich das Biest von Kuh erwische, das unsere Strippe angeknabbert hat, bekommt sie von mir persönlich eine Holzhammernarkose!«

Die französische Artillerie ballerte nervös und wütend in das Gelände und wohl nur 200 Meter vor den Fernsprechern zerkrachte eine Granate nach der anderen.

»Na du, ich glaube, dieses Mal waren es keine Kühe. Sieh mal da vorne! Das kommt mir doch so vor, als ob hier höhere Gewalten am Werke sind …«

»Es hilft nichts, wir müssen in das Granatfeuer hinein, denn sicher wird unsere Strippe gerade dort zu Bruch gegangen sein.«

Sie standen mitten zwischen den Einschlägen, als Junior triumphierend ein loses Drahtende in der Hand hielt.

»Na bitte, da haben wir's!«

Während die drei Soldaten gerade noch die schadhafte Stelle überbrückten, tauchten von der anderen Seite drei dunkle Gestalten auf, die genau auf die drei Fernsprecher zusteuerten. Ein »Halt, wer da!« donnerte sie an.

»Störungstrupp Blindschleiche! Ach, ihr seid das! Habt ihr den Schaden gefunden? Na wunderbar, dann sind wir ja überflüssig und wünschen euch somit angenehme Nachtruhe …«

*

Bis zum Morgengrauen ging alles gut.

Klaus Sandmann saß an der Vermittlung und drückte auf den schwarzen Knopf.

»Hier Schaufel …«

Eine etwas aufgeregte Stimme antwortete ihm.

»Geben Sie mir dringend Blindschleiche!«

In der Leitung zu Blindschleiche aber schien der Teufel zu stecken, denn schon wieder schwieg der Draht …

»Meldet sich nicht!«

»Dann schreiben Sie Folgendes auf und leiten es sofort weiter! Führer von Backfisch meldet: Stark überlegener Angriff des

49

Feindes. Erbitte dringend Verstärkung an schweren Waffen und Sperrfeuer der Artillerie, da wir bereits ...«

Die letzten Worte waren nicht mehr verständlich gewesen und nun schwieg auch die Leitung zu Backfisch.

Mit einem Schlage kam Bewegung in den Fernsprechtrupp. Wachtmeister Springmann gab seine Befehle, setzte einen Funkspruch auf und schickte einen Melder nach Carignan. Gleichzeitig war ein verstärkter Störungstrupp auf die Leitung zu Blindschleiche gesetzt worden.

Das war ja eine schöne Geschichte! Backfisch, der zweite, etwas abgesetzte Zug der Infanterie, war vom Feinde eingekesselt, und die Leitung zu Blindschleiche, dem I. Bataillon, das als einziges Hilfe bringen konnte, war gestört.

Der Störungstrupp war schon völlig außer Atem, aber der Draht bockte. Nichts rührte sich, Blindschleiche blieb stumm, dafür aber kamen die Geschosse aus allen Richtungen herangezischt, und man hätte meinen können, sie müssten sich in der Luft begegnen.

Junior, der die Trommel mit dem Kabel auf dem Rücken hatte, entdeckte im Straßengraben ein leicht verrostetes Fahrrad, an dem eigentlich kaum noch viel dran war. Kurz entschlossen setzte er sich darauf und ließ die Strippe hinter sich abrollen.

»Einen Kilometer habe ich drauf«, sagte er, »und damit komme ich gerade bis zum Waldrand. Damit hätte ich dann das Stück, auf dem der größte Beschuss liegt und wo wahrscheinlich auch die Störung drin ist, überbrückt.«

Junior hatte sich nicht verrechnet. Kurz vor dem Waldrand hatte er einen kräftigen Ruck bekommen und war vom Rad gestürzt. Das Kabel war zu Ende.

Alles andere war ein Werk von Sekunden. Er schnitt die Leitung an und verband sie mit dem Drahtende seiner Kabelrolle. Sofort machte er wieder kehrt und fuhr zu den anderen Störungssuchern zurück. Die drei Soldaten, die inzwischen eine Leitungsprobe gemacht hatten, winkten Junior schon aus der Ferne zu: »Prima hast du das gemacht! Die Leitung ist in Ordnung.«

Aus der Richtung, in welcher der 2. Zug lag, kam heftiges MG- und Granatwerferfeuer. Nur wenige Minuten vergingen, als auch schon dicke Brocken durch die Luft zischten. Die Fernsprecher gingen aber nicht in Deckung, sondern atmeten erleichtert auf: »Hört ihr? Das ist der Erfolg unserer Störungssuche! Das ist das angeforderte Sperrfeuer für unseren 2. Zug der Infanterie. Blindschleiche kommt Backfisch zu Hilfe!«

Wachtmeister Springmann drückte seinen Männern die Hand.

»Das habt ihr gut gemacht, Jungs. Außerdem ist eben ein Fernspruch durchgekommen, dass ihr euch um 16 Uhr beim Kommandeur melden sollt.«

Als es schon wieder dunkel wurde, war der Störungstrupp Schaufel wieder auf dem Rückweg zur Sailly-Ferme. Mit Stolz trugen sie das schwarzweißrote Band mit dem Eisernen Kreuz auf der Brust.

Was hatte doch der Kommandeur gesagt?

»Ihr seid ganze Kerle und habt durch euren mutigen Einsatz den 2. Zug gerettet. Die Hilfe war gerade noch zur richtigen Zeit gekommen …«

*

Die Funksoldaten hatten sich einen gemütlichen Nachmittag gemacht. Heinz Damm feierte seinen 23. Geburtstag und Heinrich Schuhmann hatte aus diesem Anlass einen großen Napfkuchen gebacken. Der Kaffee war ebenfalls besonders gut geworden, da schon tagelang vorher Bohnen eingespart worden waren.

Aus grünen Blättern leuchtete eine mächtige 23 auf dem Tisch und als Geburtstagsgeschenk lag ein säuberlich geschnitzter Stiefelknecht daneben, den die Kameraden selbst angefertigt hatten.

»Du hast dich in der letzten Zeit immer so mit dem Ausziehen deiner Stiefel gequält und das konnten wir auf die Dauer nicht mehr mit ansehen. Deshalb haben wir dir hier diesen Apparat fabriziert. Prima Qualität, echt französisches Holz, drei Jahre schriftliche Garantie!«

51

Während die Funker in lustiger Runde beisammensaßen, trat plötzlich ein merkwürdiges Ereignis ein, das sie alle aufhorchen ließ.

»Nanu, wo kommt denn die Klaviermusik her? Hier in der Stadt der Ruinen?«

Erwin Harth wollte die Sache sofort klären und ging auf die Straße.

Huiii…bums, huiii…bums, machte es. Der französische Nachmittagssegen hatte begonnen, und wieder prasselten auf Carignan die Granaten nieder. Das Klavier aber spielte weiter und geradezu grotesk mischte sich das lustige Ständchen in das Poltern der Artillerie.

Erwin Harth ging einige Schritte bis zur Straßenecke und blieb dann wie erstarrt stehen. Das war doch wirklich der Höhepunkt! Trotz des feindlichen Feuers musste Erwin Harth schließlich unwillkürlich lachen, denn das Bild, das sich hier seinen Augen bot, war doch etwas ungewöhnlich. In der ersten Etage eines Hauses, dem durch eine Granate die ganze Vorderwand herausgerissen war, saß Udo Landsberg in voller Kriegsbemalung und spielte auf dem Flügel, der mit einem Bein fast in der Luft hing.

Huiii… bums, huiii… bums, machten die Granaten und dort oben saß ein deutscher Soldat im Stahlhelm, den Karabiner zwischen die Beine geklemmt, und spielte einen Wiener Walzer.

»Vielleicht kommst du da gefälligst herunter! Menschenskind, jeden Augenblick kann der ganze Laden zusammenbrechen!«

»Wird nicht so schlimm sein«, kam es von oben trällernd zurück. Udo Landsberg musste im ständigen Artilleriebeschuss den Verstand verloren haben. Schon zwei Mann des Regiments waren seit Beginn des Krieges gegen Frankreich aufgrund eines Nervenzusammenbruchs ins Lazarett abtransportiert und seither nicht wieder gesehen worden.

»Nur das Gezische der Granaten bringt mich ganz aus dem Takt. Und außerdem scheinen einige Saiten leicht gerissen zu sein. Man müsste den ganzen Kasten mal stimmen lassen!«

Erwin Harth schüttelte nur verwundert den Kopf.

»Du hast vielleicht Nerven. Mach bloß, dass du wieder ’runterkommst!«

»Mach ich ja schon. Nur nicht überstürzen, ich wollte ja nur unserem Geburtstagskind ein kleines Ständchen bringen …«

Kaum hatte Landsberg seinen Platz am Flügel aufgegeben, stellten die Franzosen das Feuer ein. Von einem staubigen Nebel umhüllte, der in der Lunge brannte, zerrte Erwin Harth den Kameraden Landsberg zurück zu den anderen. Dort setzte sich der Musikant in eine Ecke und schien allmählich wieder zu Sinnen zu kommen. Seine Augen gewannen an Glanz, seine Lippen zitterten nicht länger.

Bald war die Episode um das Klavierspiel im Franzosenfeuer vergessen. Die Runde der Funker wurde immer lustiger und es war schon beinahe zehn Uhr geworden, als Unteroffizier Lammers eintrat.

»Alles mal herhören! Eben ist ein ganz tolles Ding passiert. Es wäre ja fast unglaublich, wenn das stimmen sollte. Vielleicht kommen wir dem Mysterium der Ruinenstadt jetzt endlich etwas näher!«

Die Funker steckten die Köpfe zusammen, hörten gespannt zu und ein fast starres Erstaunen lag auf ihren Gesichtern, als der Unteroffizier sein Erlebnis zu Ende erzählt hatte.

»Jedenfalls werde ich das sofort Wachtmeister Haunhorst melden.«

Er sah auf die Uhr.

»Es ist schon zehn Uhr geworden und um acht wollte der Wachtmeister von der Besprechung doch schon wieder zurück sein!«, sagte Erwin Harth.

»Landsberg, springen Sie doch schnell mal ’rüber zur Fernsprechzelle und rufen Sie bei der Division an. Mir kommt die ganze Geschichte nicht so recht geheuer vor.«

Die Funker machten sich ernstlich Sorgen.

Udo Landsberg hatte sich gleich sein Koppel geschnappt, stülpte hastig den Stahlhelm auf und lief einige 100 Meter weiter zu den Fernsprechern.

Mehrere Kabel waren durch den heftigen Beschuss gestört und infolge der vielen Umleitungen war die Verständigung nur sehr schwach.

»Bitte Vermittlung Lebertran. – Ist dort Libelle? – Geben Sie mir Schildkröte!« Wie eine schwache Stimme aus dem Keller meldete sich Schildkröte, in Wirklichkeit der Deckname für die Division.

»Ob euer Wachtmeister Haunhorst noch hier ist? Mensch, der muss doch schon längst wieder bei euch sein. Vor gut zweieinhalb Stunden ist er hier losgefahren und wollte eiligst wieder zu seinem Funktrupp. Übrigens sagt mal, gab's heute in eurem verflixten Loch wieder Zunder?«

Udo Landsberg war ärgerlich und aufgeregt.

»Das interessiert mich im Augenblick überhaupt nicht, viel wichtiger ist es, wo unser Wachtmeister steckt!«

Ohne ein weiteres Wort zu sagen, legte er den Hörer auf den Tisch und stürzte im Galopp zu seinem Trupp zurück.

»Seit zweieinhalb Stunden ist er schon unterwegs und dabei wollte er gleich hierher nach Carignan kommen.«

Unteroffizier Lammers zog die Stirn in Falten. Er kannte doch seinen Wachtmeister, wenn der einmal sagte, er sei um acht zurück, dann pflegte das meistens auch zu stimmen.

Man wollte jetzt nicht unnötig Zeit verlieren, wollte nicht lange hin und her raten, was wohl los sein könnte, sondern wollte handeln.

»Also alle, die jetzt keinen Dienst haben, sofort fertig machen! Stahlhelm, Gasmaske und Karabiner! Nur einer muss zurückbleiben, um das Quartier zu bewachen!«

Das war nun ein schwieriges Problem. Keiner wollte hierbleiben, denn jeden zog es mit hinaus auf die Suche nach seinem Wachtmeister.

»Na, weil du heute Geburtstag hast, brauchst'e nicht mitzumachen!«

Heinz Damm protestierte heftig und redete mit Armen und Beinen zugleich.

»Kommt ja gar nicht in Frage. Gerade deshalb gehe ich mit, weil ich heute Geburtstag habe. Das wünsche ich mir eben!«

Auch Heinrich Schuhmann machte ein trübseliges Gesicht, dass er als Küchenchef im Quartier bleiben sollte. Dafür machte er aber einen Vorschlag: »Ich will mal zu den Pionieren 'rübersausen. Dort werde ich mir einen greifen und in unsere Behausung schicken. Dann können wir doch alle gehen …«

Der Vorschlag fand bei sämtlichen Kameraden Beifall und dabei blieb es auch. Ein Pionier übernahm die Wache im Quartier der Funker, während die Nachrichtensoldaten in drei kleinen Gruppen zu je zwei Mann auszogen, um ihren Wachtmeister zu suchen. Alle Wege, die nach Blagny, dem Sitz der Division führten, sollten genauestens abgesucht werden. Nur hierher konnte Haunhorst doch gefahren sein …

Es war fast eine unheimliche Nacht. Der Himmel hatte sich mit düsteren Wolken bedeckt und der Sturm heulte so wütend, als wollte er alle Bäume mit ihren Wurzeln ausreißen. Die Funker hatten ihre Karabiner unter den Arm geklemmt, den Stahlhelmriemen fester gezogen und gingen Schritt für Schritt die Strecke ab. Gespenstisch zischten die Granaten an ihren Ohren vorbei, Schrapnells krepierten in beachtlicher Entfernung, und ein glutroter Feuerschein wuchs immer stärker in den dunklen Nachthimmel hinein.

»Unsere Seite bombardiert schon wieder die Stellungen jenseits von Sedan, da gibt's ganz schön Zunder! Jetzt wird es auch jeden Tag weitergehen. Wir sitzen hier immerhin schon seit vorgestern fest!«

Udo Landsberg und Heinrich Schuhmann waren in Mairy, einem kleinen französischen Dorf, angelangt. Ein schweres Gewitter hatte sich am Himmel zusammengeballt und unheimlich mischten sich die grellen Blitze in das Mündungsfeuer der eigenen Artillerie und in das kurze Aufleuchten der Einschläge. Auch von Mairy war kaum noch etwas übriggeblieben. Ein großer Haufen von Schutt und Asche deutete lediglich noch darauf hin, dass hier mal ein Dorf gestanden hatte.

»Der Franzmann muss bluten! Das ist die Rache für 1918!«, freute sich Udo Landsberg mit einem irren Blitzen in den Augen.

»Na, die Flüchtlinge werden sich ja freuen, wenn sie wieder heimkehren. Stell dir vor, du bist hundert oder gar noch mehr Kilometer mühsam mit deiner Habe durchs Land gezogen und kehrst erwartungsvoll in deine Heimat zurück. Wie oft haben wir es erlebt! Ich denke nur noch an das Bild damals bei Chorzele in Polen, als die Bauersfrau weinend um die Trümmer ihres Hauses schlich, während das kleine Mädchen schreiend zwischen den Mauersteinen entlangkroch und unbedingt seinen Teddy wiederhaben wollte«, erwiderte Heinrich Schuhmann etwas mürrisch. Udo Landsberg aber war anderer Ansicht.

»Du bist ein Kerl mit Seele und Gemüt, aber vielleicht ist diese große Anteilnahme an dem Schicksal der Bevölkerung doch etwas übertrieben. Sie haben es ja nicht anders gewollt und hätten es bestimmt nicht bedauert, wenn dein eigenes Heimatdorf so von den Franzosen zerstört worden wäre.«

Heinrich Schuhmann wollte das nicht weiter vertiefen, daher winkte er ab und sagte: »Wir wollen uns jetzt lieber mit der Suche nach Wachtmeister Haunhorst befassen, als welterschütternde Probleme zu wälzen!«

Die sechs Funker streiften rastlos durch die Nacht, ließen hier und da einmal die abgeblendete Taschenlampe aufblitzen, zogen über schmale Landwege, durch Felder und Wälder und kümmerten sich den Teufel um die Artillerieeinschläge. Der Gewitterregen hatte etwas nachgelassen, aber die Funker waren bereits bis auf die Knochen durchgeweicht. Unermüdlich aber ging ihre Suche weiter, und die Rufe hallten hundertfach in die Finsternis: »Wachtmeister Haunhorst, Wachtmeister Haunhorst!«

Die vertraute Stimme aber meldete sich nicht, und nur ab und zu antwortete ein Posten und verlangte das Kennwort.

»Kennwort Posen! Sagt mal, habt ihr hier irgendwo einen Wachtmeister von den Nachrichten gesehen?«

Keiner der Posten wusste etwas und die Funker wollten ihre Suche schon als ergebnislos aufgeben. Damm, Meier, Landsberg und

Schuhmann waren bereits umgekehrt und trafen sich an der Straßengabel, vier Kilometer vor Carignan.

Niemand von ihnen sagte etwas. Schweigend standen sie sich gegenüber und zuckten mit den Schultern.

»Keine Spur zu finden. Es hat wirklich kaum noch Zweck …«

Auch Unteroffizier Lammers und Funker Groß glaubten fast nicht mehr an einen Erfolg. Man konnte kaum noch den schmalen Fußpfad sehen, die Augen taten ihnen schon weh und ihre Stimmen waren heiser geworden.

»Also eine halbe Stunde noch, dann müssen wir umkehren. Es ist völlig zwecklos!«

Dieser letzte Versuch aber brachte ihnen den Erfolg.

Gerade hatte Unteroffizier Lammers mit letzter Anstrengung einige Male sein »Wachtmeister Haunhorst« gerufen, als aus dem Dunkel endlich eine Antwort kam.

»Hallo, hier Kameraden …«

Beide Funker stürzten im Laufschritt auf die Stelle zu, von der die Antwort gekommen war. Ohne Frage, das war die Stimme Haunhorsts gewesen …

Sie waren an die kleine Straßengabel gekommen und standen bestürzt und zunächst völlig fassungslos vor ihrem Wachtmeister, der nicht minder gerührt war.

»Mensch Lammers, Mensch Groß! Ihr habt mich tatsächlich hier gefunden? Ich hatte mich schon auf eine sehr ungemütliche Nacht vorbereitet.«

Die beiden Soldaten waren zugesprungen und bemühten sich um den schwerverwundeten Wachtmeister.

»Ja, so geht mir das nun einmal. Heute haben sie mich ganz anständig erwischt. Einige anständige Granatsplitter ins Bein, und den linken Arm haben sie mir auch ganz schön zerhauen!«

Unteroffizier Lammers hatte seinem Wachtmeister den blutgetränkten Rock ausgezogen, während Groß gerade dabei war, mit einem Messer den linken Stiefel Haunhorsts aufzuschneiden. So gut es ging, legten sie Notverbände an, nahmen ihre Arme über Kreuz und gingen mit ihrem verwundeten Kameraden, der sich selbst kaum rühren konnte, nach La Chapelle, dem nächsten Truppenverbandsplatz.

Mit kameradschaftlichen Worten verabschiedeten sich die Soldaten von ihrem Wachtmeister und übergaben ihn dem diensttuenden Stabsarzt.

Um zwei Uhr morgens kamen Unteroffizier Lammers und Funker Groß wieder in ihrem Quartier an. Die Funker waren inzwischen schlafen gegangen, nur Udo Landsberg saß ganz alleine für sich in einer Ecke und krakelte beim Scheine einer Kerze verknäulte Linien auf ein Stück Papier. Als er seine beiden Kameraden hörte, sprang er auf und lief ihnen bis vor die Türe entgegen.

»Habt ihr ihn gefunden?«

»Ja«, sagte Funker Groß mit etwas zaghafter Stimme, »aber er ist schwer verwundet. Die französische Artillerie hat ihn ganz anständig zusammengehauen. Das linke Bein ist einigermaßen zerfetzt und der rechte Arm hat auch seinen Teil abbekommen. Wir haben ihn gleich nach La Chapelle gebracht …«

Udo Landsberg machte ein ernstes Gesicht.

»Das habe ich mir doch gleich gedacht, dass da etwas nicht stimmen konnte, ich wagte es nur nicht auszusprechen. Ist nur gut, dass er nicht noch stundenlang hilflos da draußen zu liegen brauchte.«

*

Carignan hatte eine ruhige Nacht wie selten zuvor. Um elf Uhr schon hörte das Artilleriefeuer völlig auf und auch morgens um sieben rührte sich noch nichts. Selbst der gewohnte Morgensegen blieb aus, was auf einige Soldaten schon fast beruhigend wirkte.

»Heute scheint er uns völlig vergessen zu haben.«

»Vielleicht haben die Kanoniere da drüben gestern einen zu viel auf die Lampe gegossen und kämpfen jetzt mit ihrem Kater.«

Solche und ähnliche Redensarten wurden gewechselt. Aber man sollte den Teufel nie an die Wand malen. Wenige Stunden später – es war gerade zehn Uhr geworden – brach um Carignan schon wieder die Hölle los …

Über die Kornfelder, die links und rechts der Straße lagen, wälzte sich eine kilometerlange Staubwolke. Erwin Harth stieß seinen Kameraden Heinz Damm an.

»Sieh mal, da kommen wieder welche! Weißt du, was das bedeutet?«

»Wahrscheinlich, dass es gleich wieder Zunder geben wird.«

Die Spitze der heranmarschierenden Kolonne hatte kaum den Ortseingang von Carignan erreicht, als auch schon wieder die ersten französischen Granaten über die Ruinen jagten.

»Es ist doch zum Kotzen! Als ob der da drüben es riechen kann, wenn hier deutsche Truppen durch Carignan ziehen. Oder sollte etwa …« Erwin Harth ballte beide Fäuste. »Na wartet, Freundchen, heute Abend erwischen wir euch doch! Dann ist es endgültig vorbei mit dem Mysterium der Ruinenstadt! Ich glaube, wir sind euch jetzt auf die Spur gekommen.«

Kaum war die erste Granate in der Nähe der marschierenden Kolonne eingeschlagen, als die Soldaten auch schon im selben Augenblick seitlich auseinanderspritzten und volle Deckung nahmen. Die schweren 15-Zentimeter-Koffer gruben tiefe Trichter in die harte Erde, im Übrigen bekam aber nur ein einziger Mann einen leichten Splitter in die Schulter ab. Das Regiment marschierte weiter. Solche »Zwischeneinlagen«, wie die Soldaten zu sagen pflegten, vermochten dieser Tage nur für kurze Verzögerungen zu sorgen. Die Truppen, die die Wehrmacht gegen die Verteidiger von Sedan geworfen hatten – allen voran gepanzerte Kräfte – hatten den Druck auf die Stadt immer weiter erhöht, bis die Franzosen sie aufgeben und sich auf Positionen jenseits der Maas zurückziehen mussten. Nun errichteten die Pioniere, unter Feuer liegend, weitere Übergänge über die Maas. Und die deutschen Panzer preschten aus allen Himmelsrichtungen hervor, um so schnell wie möglich den Fluss zu queren und den Feind weiter zurückzudrängen.

Unteroffizier Lammers war derweil nach La Chapelle gefahren, um sich nach dem Befinden seines Wachtmeisters zu erkundigen. Glücklicherweise hatten sich die Verwundungen als nicht allzu schwer herausgestellt.

Lammers berichtete von seinem Erlebnis, das er vor zwei Tagen in seinem Funkwagen gehabt hatte.

Wachtmeister Haunhorst wollte vor Überraschung hochfahren, fiel aber mit einem kleinen Stoßseufzer wieder in seine Kissen zurück. »Mensch Lammers, das ist ja einfach toll! Und er ist bestimmt kein Deutscher?«

Der verwundete Wachtmeister gab seinem Unteroffizier vom Bett aus noch einige Anweisungen und Ratschläge.

»Ja, die Sache ist eilig und ihr könnt unmöglich warten, bis ich wieder gesund bin, so gerne ich da auch mitmachen möchte. Also, Lammers, Hals- und Beinbruch für heute Abend. Dreht dem Mysterium endgültig den Hals um!«

*

Am Nachmittag waren wieder einige Pioniere zu den Nachrichtensoldaten auf Besuch gekommen, aber die Funker hatten alle wenig Zeit und waren gerade bei der Besprechung, wie sie am Abend dem Mysterium von Carignan zu Leibe gehen wollten.

Unteroffizier Grothe von den Pionieren schlug mit der Faust auf den Tisch.

»Mensch, Leute, das ist eine Sache! Selbstverständlich machen wir da auch mit. Vielleicht könnt ihr unsere Unterstützung ganz gut gebrauchen, denn der Teufel mag wissen, ob das Mysterium nicht schwer bewaffnet ist.«

Die Funker lehnten die angebotene Hilfe durchaus nicht ab, zumal sie wussten, dass der Pionierzug, der in Carignan lag, über erfahrene Stoßtruppmänner verfügte, die sich schon oft im Kampf bewährt hatten.

»Also geht in Ordnung. Um 21 Uhr 30 an der kleinen Holzbrücke!«

Die Funker unterhielten sich noch eine Weile über das bevorstehende Unternehmen und legten sich dann bis abends noch zur Ruhe.

Der Abend war herangekommen. Schon 15 Minuten vor der verabredeten Zeit trafen sich die Funksoldaten mit den Pionieren an der kleinen Holzbrücke. Die Pioniere waren wie zum Sturme angetreten und sahen, ebenso wie ihre Kameraden von den Nachrichten, recht unternehmungslustig aus.

Die scharfen Handgranaten hinterm Koppel, die Maschinenpistole im Anschlag, Karabiner entsichert, so zogen sie gemeinsam aus, um das Mysterium der Ruinenstadt zu beseitigen.

»Wir wollen gleich mal bei den drei einzelnen Häusern anfangen und gehen dann planmäßig weiter vor bis zu der alten Fabrik.«

Raum für Raum wurde abgesucht, und selbst die Wände in den Kellern klopften die Soldaten ab. Nichts aber war zu entdecken, was auf das Mysterium hätte schließen lassen können. Der Unteroffizier von den Pionieren machte schon ein ganz ungläubiges Gesicht und war etwas enttäuscht.

»Wer weiß, was ihr da im Funkwagen beobachtet habt! Ich verstehe zwar nichts von der Funkerei, aber so recht kann ich mir das auch nicht vorstellen. Hier ... mitten unter den Ruinen?«

Die Funker aber blieben hartnäckig bei ihrer Vermutung und gaben die Hoffnung noch nicht auf.

»Eines steht fest: Das Mysterium kann nur in Carignan selbst oder in allernächster Umgebung liegen. Das haben wir einwandfrei festgestellt. Wartet erst mal ab, wir sind ja noch längst nicht überall gewesen!«

Fast völlige Finsternis hatte sich schon über Carignan gelegt, als die Pioniere und die Funker – zwei Unteroffiziere und elf Mann – an die etwas abseits stehende, halb verfallene Fabrik kamen.

Vorsichtig tasteten sie sich von Raum zu Raum durch, ohne auch nur ein Wort dabei zu sprechen. Hier und da stolperten sie einmal über ein Stück Eisen oder alte Holzklötze, die auf dem Fußboden herumlagen, mitunter glaubten sie, verdächtige

Geräusche gehört zu haben, die sich dann aber immer wieder als
harmlos erwiesen. Entweder waren es Ratten, die verängstigt da-
vonhuschten, oder ein scheues Kaninchen flüchtete sich eiligst in
eine andere Ecke.

Unteroffizier Grothe, ein Hüne von Kerl, der seine Kameraden
gut um einen Kopf überragte, war die schmale Wendeltreppe her-
untergegangen, die in die unteren Kellerräume führte. Kein
Schritt und kein Geräusch verrieten die Soldaten, da sie sich alle
alte Lappen um die Stiefel gewickelt hatten.

Grothe, ein echter Hamburger Jung, blieb einen Augenblick wie
erstarrt stehen, schlich wieder die Treppe herauf und eilte zu seinen Kameraden.

»Dort unten kommt mal alle mit! Irgendetwas ist da nicht geheuer!«

13 Mann stiegen vorsichtig die kleine Treppe hinunter und nun
sahen sie es alle: Wohl 20 Meter von ihnen entfernt drang, wenn
auch nur ganz schwach, ein matter Lichtschimmer durch einen
kleinen Spalt. Friedrich Kuhlmann konnte vor Aufregung nicht
mehr dicht halten.

»Da ist sie, die verdammte …«

Unteroffizier Lammers hatte ihm einen kleinen Stoß gegeben.
»Halt die Klappe, erst müssen wir sie mal haben!«

Vorsichtig einen Fuß vor den anderen setzend, arbeiteten sich
die deutschen Soldaten weiter vor und standen jetzt dicht vor einem Vorhang, der an einer Stelle einen kleinen Riss hatte, durch
den auch der matte Lichtschimmer fiel. Unteroffizier Lammers
sah vorsichtig durch die kleine Öffnung und hätte vor freudiger
Erregung fast laut losgeschrien. Im Scheine von zwei Wachsker-
zen saßen fünf Franzosen und neben ihnen lagen in buntem
Durcheinander Konservenbüchsen, Eierhandgranaten und Karabiner. Auf dem kleinen Tisch aber stand – unverkennbar für das
Auge eines Nachrichtensoldaten – das Mysterium der Ruinenstadt.

Unteroffizier Lammers trat einen halben Schritt zurück und ließ seinen Kameraden Grothe für einen Augenblick in das Innere des kleinen Raumes sehen. Es gab kein Zögern mehr.

Mit einem Ruck riss Unteroffizier Grothe die alte Wolldecke herunter und stand in seiner ganzen Größe im Eingang.

Die Franzosen fuhren erschreckt hoch und griffen sofort zu ihren Karabinern. Die Funker und Pioniere aber waren erheblich schneller. Maschinenpistolen knatterten, Handgranaten zerkrachten mit lauter Detonation, dazwischen mischte sich das Feuer der Karabiner. Nur wenige Minuten dauerte das ganze Gefecht, dann war es entschieden. Drei Franzosen lagen tot auf dem Boden, während die beiden anderen ihre Waffen fortgeworfen hatten und die Hände erhoben.

Die beiden Gefangenen wurden abgeführt. Unteroffizier Lammers und die anderen Funker aber standen interessiert an dem kleinen Tisch, auf dem noch das Mysterium stand: eine kleine französische Funkstelle! Außerdem entdeckten sie ein Scherenfernrohr, das durch die Kellerluke geführt war und vermutlich ständig auf die Straßengabel vor Carignan, auf die Brücke der Pioniere und auf alle deutschen Trupps gerichtet war, die sich Carignan näherten. Es war das Auge der französischen Artillerie, denn zur gleichen Zeit gingen die Morsezeichen zum Feind und leiteten das Feuer.

»Hier also haben die Burschen gesessen und beobachtet, wenn sich deutsche Soldaten dem Orte näherten. Und von hier aus haben sie also die Befehle an ihre Artillerie gegeben. – Na, jetzt ist es endgültig Schluss damit! Das also war F. K. 3, wie sich diese Funkstelle hier nannte. Die also haben wir Funker gehört. Sicher haben die Burschen nicht damit gerechnet, dass wir ihnen so schnell auf die Spur kommen würden. Aber so leicht entgeht uns Funkern nichts und dieses Ding hier war so laut, dass es in Carignan stehen musste.«

Unteroffizier Lammers stand triumphierend vor der französischen Funkstelle.

»Das war F. K. 3 ... das war das Mysterium der Ruinenstadt!«

Heinrich Schuhmann, ein tüchtiger Küchenchef, hatte auch etwas entdeckt. Mit fachkundigem Blick war er an die Konserven gegangen und begann zu sortieren, während er sich gleichzeitig sein Taschentuch um den linken Daumen wickelte.

»Da haben die Kerle mir doch noch einen kleinen Schuss verpasst – na, macht nichts, dafür haben wir nebenbei auch noch eine kleine Konservenbeute für unsere Küche gemacht. F. K. 3 lädt euch morgen alle zum Abendessen ein …«

»Das war wieder mal ganze Arbeit, was? Gut, dass ihr uns unterstützt habt, denn zu spaßen war mit den Burschen wirklich nicht!«

Unteroffizier Lammers drückte seinem Kameraden Grothe die Hand.

»Und morgen früh gehen wir beide zu Wachtmeister Haunhorst und berichten ihm von unserem Erfolg. Dann ist er gleich wieder ganz gesund …«

Strahlend verabschiedeten sich die Pioniere von den Funkern.

»Also weiterhin auf gute Nachbarschaft und eine recht angenehme Nachtruhe!«

Mit diesen Worten trennten sich die Kameraden. Das Mysterium der Ruinenstadt war gemeinsam gelöst worden und von diesem Tage an hatte Carignan auch vor der französischen Artillerie seine Ruhe …

# Landsergeschichten

Schnurgerade schneidet die Landstraße nach Wlodawa durch die polnische Landschaft. Eine dichte Staubwolke wirbelt beim Befahren dieser sandigen Straße auf, die zwischen weiten Feldern dahineilt. Da und dort suchen armselige Katen, die sich selten zu einem Dorf mit einem Holzkirchlein vereinigen, ihre Nachbarschaft.

Von einer sanften Bodenwelle herab schaut eine halbzerfallene Windmühle unter trägen Flügelkreisen auf das geruhsame Idyll: auf das mühsam dahinziehende Ochsengespann bei der Frühjahrsbestellung, auf das weidende Hausvieh, Kuh, Schaf, Gans, das sich ein einträchtiges Stelldichein gibt, und auf den barfüßigen Hütebub in zerschlissenen Kleidern, der in den blauen Himmel schaut.

Eine unbarmherzig sengende Sonne brennt vom Himmel herunter und saugt die grünlichen Wasser der Seen auf, die das niedrige Grundwasser längs der Straße hat aufbrechen lassen. Hier ist die Heimstatt der Mücken, die in dichten Schwärmen über dem Wasser stehen.

Vor dem Weichbild der Grenzstadt Wlodawa, die auf russisches Gebiet hinüberschaut, versteckt sich die Straße in einem dichten, weit ausgedehnten Waldgebiet. Kräftige Fichten mit bereits verblasstem Maigrün an den Zweigen gewähren hier nur unwillig Durchlass. Freundlicher sind die weißstämmigen Birken und die frischgrünen Buchen, die bereitwillig zur Seite rücken. Doch sie sind in der Minderzahl. Enge Schneisen gehen rechts und links der Straße ab und teilen den Wald in einzelne Kulturen.

An einem dieser seitlich abzweigenden Waldwege steckt eine dreieckige Divisionsflagge in der Erde. Nahezu unsichtbar ist sie, nur schüchtern lugt sie mit dem markanten Divisionszeichen im weißen Feld unter einem riesigen Fichtenzweig hervor. Sie ist vorerst einziges Merkmal, schlichter stummer Wegweiser. Kein Laut, kein Fahrzeug, kein Lebewesen deutet auf das, was sich hinter diesem Stabsstander verbirgt.

Die Flagge weist auf einen kuhlenreichen Pfad, der sich anfangs in dichtem Wald verliert und später auf eine vom Gehölz eingebettete Domäne stößt. Kein Fremder vermutet hier jemals eine Ansiedlung: ein schlichtes Herrenhaus eines polnischen Adligen, eine Oberförsterei, einige Gesindehäuser und mehrere Stallungen.

Welch friedvolles Bild! Die Glucke führt ihre Jungen aus, eine »Madka« mit rotkariertem Kopftuch treibt ihre buntscheckigen Rinder ein. Der Großknecht kehrt mit einem Panjegespann von der Feldarbeit zurück. Im Förstereigarten verströmen die Sträucher weißen und violetten Flieders süßen Duft. Und an versteckten Plätzen im angrenzenden Hochwald stecken die vorwitzigen Blüten ihren weißen Kopf durchs Moos.

Inmitten dieses Idylls hat sich der Führungsstab niedergelassen.

In dem Park hantiert ein Kraftfahrer im blauen Schutzanzug an den Fahrzeugen, tankt aus dem Kraftstoffkanister seinen Wagen auf oder ist mit Bürste und Schwamm dabei, der Schmutzkruste zu Leibe zu gehen. Denn nach einer Fahrt durch die vom letzten Regen in Schlammpfuhle verwandelten Waldwege ist das Fahrzeug mit einer dicken Schicht von schwarzem Schlamm überzogen.

Ein schmutzbedeckter Kradfahrer braust auf dem Gartenweg heran. Seine Kartentasche enthält Meldungen der am Bug liegenden Sicherungsorgane. Der Bug ist Grenzfluss zwischen dem Gouvernement und dem Russland einverleibten Teil Polens. Diese Nachrichten werden dem Führungsstab neue Erkenntnisse über das Verhalten des russischen Grenznachbarn bringen, der sich allem Anschein nach unbedarft in Sicherheit wiegt.

Da biegt ein Kraftwagen in den Park ein. Ihm entsteigt ein Offizier mit prallgefüllter Kuriertasche. Er kehrt nach beschwerlicher Fahrt über polnische Landstraßen staubüberdeckt mit Weisungen für den Stab zurück.

Das Kartenbrett unter dem Arm, verlässt ein junger Leutnant das Herrenhaus. Die verblichene gelbe Waffenfarbe an seinem

Rock kennzeichnet ihn als Nachrichtenoffizier. Der Leiter des Nachrichtenbetriebes! Als Verbindungsoffizier zwischen Führungsstab und Divisionsnachrichtenabteilung ist er ein vielbeschäftigter Mann, der das Funk- und Fernsprechnetz vom Divisionsstab zu den der Division unterstellten Einheiten und die rückwärtigen Verbindungen zu Korps und Armee im Kopfe haben muss und den gesamten Nachrichtenbetrieb zu steuern hat.

Gedankenschwer schlägt er den Weg zum Divisionsnachrichtenführer ein, der mit Adjutant und Geschäftszimmerpersonal seine Dienstzimmer in der Oberförsterei aufgeschlagen hat. Ihm wird der L.d.N., wie seine Dienstbezeichnung im soldatischen Wortgebrauch kurz lautet, Bericht über die vom Ia geforderten Nachrichtenverbindungen erstatten.

In seinem knappen Vortrag kommt die Forderung des Führungsstabes zum Ausdruck, die am Bug zur Sicherung eingesetzten Infanteriebataillone mit Draht anzuschließen, um die Wahrnehmungen der Posten auf schnellstem Wege zur Division durchzubringen, die Fernsprechleitungen aber »für alle Fälle« durch Funk zu überlagern.

»Aus Sicherheitsgründen ist also auch an die Bereitstellung einer Funkverbindung von den Bataillonen zum Führungsstab der Division gedacht«, wirft der Adjutant des Divisionsnachrichtenführers ein, der als »rechte Hand« des Nachrichtenabteilungskommandeurs an der Besprechung teilnimmt. Er notiert sich die wichtigsten Punkte für den Abteilungsbefehl, der den befohlenen Einsatz der Nachrichtentruppe den Kompaniechefs zur Kenntnis bringen wird, zum anderen aber auch für das Kriegstagebuch, das von ihm geführt wird und alle bedeutsamen Entschlüsse des Kommandeurs festhält.

An die mit Gehörnen verzierte Wand des Zimmers - eines hellen großen Raumes der Oberförsterei, durch dessen weit geöffnete Fenster der Wald hereinschaut und Fliederduft hereinströmt – ist eine mannshohe Leitungsskizze geheftet. Der Zeichner des Abteilungsstabes hat hier ein wahres Wunder der Zeichenkunst vollbracht. In sauberer Tuschzeichnung hat er das rückwärtige

Fernsprechnetz zu Korps und Armee als den vorgesetzten Dienststellen der Division und die Verbindungen nach vorwärts zu den Regimentern und selbständigen Abteilungen als den der Division unterstellten Einheiten lage- und maßstabgerecht festgehalten.

Wie ein ins Riesenhafte gewachsenes Spinnennetz nimmt sich die Skizze aus. Der Vergleich von der Division als dem Nervenzentrum, in dem die Fernsprechleitungen als Nervenstränge zusammenlaufen, und den Regimentern und selbständigen Abteilungen mit den Endpunkten der Leitungen als den Nervenspitzen dieser Stränge, drängt sich einem unwillkürlich auf.

»Das neu zur Division tretende Baubataillon, Herr Hauptmann«, so fährt der L.d.N. in seinem Vortrag fort, »soll auf die Ausnutzung bestehender Postleitungen angewiesen werden, die Brückenkolonne muss über die in der Nähe liegende Sprechstelle durch Befehlsempfänger zu erreichen sein.«

Kurz darauf klappert im Stabszelt die Schreibmaschine ihr eintöniges Lied. Der Gefechtsschreiber des Kommandeurs überträgt das Stenogramm des Adjutanten in die soldatisch kurze Form des Abteilungsbefehls, der in einer Viertelstunde spätestens durch einen Kradmelder an die Kompanien geht. In Auswirkung dieses Befehls werden kurze Zeit darauf die Fernsprechbautrupps zum Leitungsbau angesetzt und die Funktrupps aus den nichteingesetzten Teilen der Funkkompanie herausgezogen. Nach wenigen Stunden Fahrt auf sandigen Feld- und Waldwegen werden sich die »Außenstellen«, wie man die abgestellten Funktrupps nennt, bei den Bataillonskommandeuren melden und ihre Gegenstellen, mit denen sie in Funkverkehr treten, bei der Divisionsfunkzentrale eintrudeln.

»Hier Vermittlung«, meldet sich der Fernsprecher vom Dienst, als eine der kleinen Klappen am Vermittlungsschrank fällt.

»Aha, Meldung der Bauspitze«, nimmt der Mann am Klappenschrank das Selbstgespräch auf und ruft dem Führer der Vermittlung die eben durchgesprochene Meldung zu: »Der siebente Kilometer Einfachleitung ist eingebaut, Sprechverständigung ausgezeichnet. Nach Einbruch der Dunkelheit wird von der Waldspitze mit Doppelleitung bis zum Bataillon weitergebaut. Da das freie Gelände vom jenseitigen Ufer des Bug vom Russen einzusehen ist, wurde der Bau unterbrochen. In etwa drei Stunden ist das Bataillon dran.«

»Ist in Ordnung«, sagt der Truppführer, »geben Sie mir gleich Bescheid, wenn sich das Bataillon meldet, damit ich den L.d.N. sofort unterrichten kann.«

Nach dieser Weisung wendet sich der Truppführer ab und begibt sich zur Fernschreibstelle.

Während die Vermittlung aus Raummangel in dem Fahrzeug des Betriebstrupps untergebracht ist, das für den Einsatzfall mit seinen eingebauten technischen Einrichtungen ohnehin den Anforderungen einer Divisionsvermittlung gerecht wird und mehrere Arbeitsplätze für die Männer am Klappenschrank aufweist, ist der Fernschreiber in einem Raum des Verwaltergebäudes der Domäne aufgestellt. Ein im Fernschreiben ausgebildeter Funker sitzt am Gerät, einem Wunderwerk der technischen Schöpfung, und drückt in gleichlaufendem Takt auf die schreibmaschinenähnliche Tastatur. Zur Kontrolle erscheinen die durchgegebenen Zeichen auf einem aus dem Gerät herausquellenden Papierstreifen. Durch die Fernsprechleitung teilen sich die Stromimpulse des Fernschreibers einem gleichen bei der Gegenstelle aufgebauten Gerät mit, das die Stromstöße zu Buchstaben formt und auf einen gleichen Papierstreifen drückt. Geschnitten und auf ein Formular geklebt, geht dann die Meldung zur Kommandostelle.

»An wen ist das Schreiben gerichtet?«, erkundigt sich der Führer der Vermittlung.

»An die Armee«, informiert ihn der Funker, »Meldung über das verbotswidrige Überfliegen der Grenze durch sowjetrussische Maschinen. Es ist von der Division ferner die Durchgabe eines verschlüsselten Spruchs für das Korps angekündigt. Für die linke Nachbardivision liegt ein Vermittlungsfernschreiben vor, das die Armee nicht direkt durchbekommen hat.«

»Na, das gibt ja wieder Arbeit für euch«, meint der Truppführer lächelnd und fügt hinzu, dass Geschwindigkeit keine Hexerei sei, vor allem für den Nachrichtensoldaten.

*

Der weiße Funkpfeil auf der rechteckigen roten Flagge weist uns den Weg am Waldsaum entlang. In den an den Fichtenbestand grenzenden Viehkoppeln tummeln sich junge Fohlen. Ihr Temperament verrät die Abstammung aus dem edlen Gestüt der Domäne, dessen wertvollste Vertreter die Russen nach dem Zurückgehen auf die Interessengrenze im Zuge des Polenfeldzuges haben mitgehen lassen.

Bei dem Betrachten der spielenden Tiere kann einem tatsächlich der Aufbauplatz der Funkzentrale entgehen. Mit den Ästen gefällter Bäume der Umgebung angepasst, sind die Funkstellen weit voneinander abgesetzt im Hochwald aufgebaut. Nur ein geübtes Auge kann sie von der Umgebung unterscheiden, so gut ist die Tarnung durchgeführt. Im Westfeldzug erbeutete Tarnnetze ergänzen ihren Schutz gegen Fliegersicht.

Ein halbes Dutzend Trupps, zur Divisionsfunkzentrale zusammengefasst, geben sich hier ein verschwiegenes Stelldichein. Die Masten der Hochantennen, die einen guten Empfang gewährleisten, ragen nur wenig über die Baumwipfel hinaus. Unter den weitgespannten Tarnnetzen brummen die benzinbetriebenen Lademaschinensätze und pumpen elektromagnetische Kraft in ganze Serien von Empfängerbatterien, denn die in einer festen Zeitfolge befohlene Überwachung der Empfangsfrequenz, einer bestimmten Welle auf dem Frequenzband des Empfangsgerätes, auf der die Außenstelle beim Bataillon ihre Gegenstelle hier bei der Funkzentrale anrufen und mit ihr in Verkehr treten kann, frisst Strom und zehrt an den Sammlern. Um dann auch im Einsatz den Sammlerbestand immer wieder auffrischen zu können, sind die Trupps mit diesem Gerät ausgerüstet.

70

Am Waldboden hingeduckte Zelte bergen die Ausrüstungsgegenstände der Funker. Das selbstgewaschene Drillichzeug flattert an einem Abspannseil, in langer Reihe stehen die Kochgeschirre zum Essenfassen bereit.

Mit hochgekrempelten Rockärmeln – das Mückennetz als Schutz gegen die geradezu sprichwörtliche Mückenplage dieser Gegend über der Feldmütze – sitzt der Funker vom Dienst am Empfänger. Mit dem Kopfhörer lauscht er in den Äther und sucht durch leichtes Kurbeln an der Feinabstimmung seine Welle ab. Er weiß genau, dass Funkstille befohlen ist und nur im dringendsten Notfall sein Kamerad bei der Außenstelle auf die Taste drücken darf: nämlich dann, wenn Gefahr im Verzuge ist, wenn der Russe ins Land einfallen sollte und die Fernsprechleitung nicht funktioniert. Aber gerade darum ist sein Dienst so verantwortungsvoll, denn die übergeordnete Führung hat die Losung herausgegeben, dass mit einem Angriff der Sowjets jederzeit zu rechnen sei.

Ihm ist dies bekannt, und keiner braucht ihn zur Gewissenhaftigkeit zu ermahnen, denn als Funker ist er so erzogen und weicht keine Handbreit von seiner Pflicht ab. Sie ist hart, diese Pflicht; stunden-, ja tagelang hört der Funker nichts auf seiner Empfangsfrequenz als das Rauschen und Knacken atmosphärischer Störungen, die überschattende Begleitmusik eines Musiksenders und die irreführenden Zeichen eines Störsenders, der ausgerechnet auf seiner Welle funkt, bis einmal doch – nach Tagen, Stunden – die Gegenstelle ruft und Antwort erheischt.

Dann erweist sich die Güte des Funkers, die Findigkeit seines geschulten Ohres. In der Abwicklung des Funkverkehrs selbst aber, wenn er stundenlang mit seinem Gerät – mit Sender und Empfänger – wie verwachsen ist, bis die Ablösung ihn zu wohlverdienter Ruhe nach erfüllter Pflicht schickt, gibt es für ihn kein Problem mehr, dann arbeitet er so sicher und gewandt wie auf den vielen Übungen, die er während seiner Ausbildungszeit mitgemacht hat.

In jeder der Divisionsfunkstellen versieht ein Mann den Überwachungsdienst. Die augenblickliche Aufgabe bedingt nicht den

Einsatz des ganzen Trupps, der erst dann in seiner ganzen Stärke gebraucht wird, wenn der einsatzmäßige Betrieb beginnt. Funkbetrieb wird bei den Trupps großgeschrieben, und jeder brennt auf den Augenblick, wo es wieder etwas zu tun gibt. Denn das ewige »Herumlenzen«, wie es die Soldatensprache nennt, liegt dem Funker nicht. Viel lieber ist er im richtigen Einsatz, wo ein Funkspruch den anderen jagt und man mit Leib und Seele Funker ist. Es muss ja nicht gleich Krieg sein, davon hat Deutschland in den letzten beiden Jahren nun schon wieder mehr als genug gehabt. Aber eine waschechte Divisionsübung, das wäre was!

Weil der Regelbetrieb doch oft langweilig anmutet, stehen in jedem Gespräch unserer Funker die Erlebnisse im bisherigen Einsatz an erster Stelle. So auch hier bei der Divisionsfunkzentrale, die zur Sicherung der neuen Ostgrenze des Reiches aufgebaut worden ist. In dem Funkfahrzeug des mc2 – des mittleren Funktrupps c2 – sitzen die dienstfreien Mannschaften des Trupps am Schlüsseltisch, unter ihnen ihr Truppführer.

»Na, da wären wir ja wieder mal beisammen wie die Küken um die Glucke«, meint der Wachtmeister, der im Dienst zwar sehr harte und unnachgiebige, im Übrigen aber sehr kameradschaftliche und immer zum Humor neigende Truppführer, für den die Männer durchs Feuer gehen. Um ihn scharen sich der Unteroffizier vom Dienst, der für seine Tapferkeit vor dem Feinde das Band vom E.K. II im Knopfloch und das E.K. I auf der linken Brustseite trägt, und fünf Männer des Trupps. Der sechste sitzt am Gerät, ihn hält der Dienst noch fest. Nur wenige Minuten noch, dann reiht auch er sich in den Kreis ein.

»Das Skatturnier könnte von mir aus steigen«, nimmt der Geber das Wort auf, der im Einsatz vornehmlich an der Taste sitzt, weil er schon im Übungssaal Tempo 100 fehlerfrei durch den Übungssummer rauschen ließ, zum Leidwesen seiner Kameraden, die diese 100 Morsezeichen in der Minute aufnehmen sollten.

Doch es zeigt keiner so recht Lust, den allabendlich gedroschenen Skat zu spielen. Jeder ist übersättigt davon, und so pendelt das Gespräch zunächst zwischen den kleinen Erlebnissen des

Tages und den Vermutungen der einzelnen über die künftige Entwicklung des Krieges hin und her. Der Truppführer, der Mann mit der meisten Kriegserfahrung unter den »Acht von mc2«, ist der Meinung, dass sich die augenblickliche Situation in nichts von der Lage kurz vor dem Westfeldzug unterscheide.

Er ist Frankreichkämpfer, und auch die anderen Männer des Trupps bis auf den Kraftfahrer des Truppführerfahrzeuges und den »Tretmax«, den »berittenen« Truppangehörigen, die als junge Ersatzmannschaften von dem Heimattruppenteil zugewiesen worden sind, haben sich schon in irgendeinem Einsatz dieses Krieges bewährt. Der Trupp selbst hat im Einsatz noch nicht zusammengearbeitet, er gehört einer Abteilung an, die neu aufgestellt worden ist. Aus den verschiedensten Nachrichtenabteilungen kommen die Männer. »Sie werden zu einer Neuaufstellung versetzt!« - hieß der soldatisch knappe und für den einzelnen harte Befehl, denn er bedeutete Abschied von der alten Kompanie, von den Kameraden, mit denen man schon durch dick und dünn ging. Doch dem Truppführer ist davor nicht bange. Er hat Menschenerfahrung und baut auf seine Kerle, die sich aus Süd und Nord, aus Ost und West der Heimat und der annektierten Gebiete hier zusammengefunden haben.

Mit der Bemerkung des Wachtmeisters ist nun das Stichwort gefallen, es heißt: Erlebnisaustausch! Und so lösen sich die Zungen:

»Wo warst du dabei?«, fragt einer den anderen.

»Beim Aisne-Übergang«, kommt die Antwort.

»Ich in Norwegen«, berichtet der dritte.

»Wo hast du dir dein E.K. geholt?«

»Bei einer Vorausabteilung im Balkanfeldzug.«

»Wo warst du im Polenfeldzug eingesetzt?«

Jeder nennt Straßen, Flüsse, Orte. Namen, die inzwischen in die Geschichte dieses Krieges eingegangen sind.

»Herr Wachtmeister haben uns durch die vorige Bemerkung neugierig gemacht«, meint einer der beiden »Neuen« des Trupps, und aus seinen Augen liest man die Wissbegierde des jungen

Soldaten, der gespannt auf die Erlebnisse eines erfahrenen Kämpfers ist.

»Nun gut, dann will ich mal auskramen, damit ihr seht, wie solch ein Einsatz anrollt. Eines schönen Morgens ist es ja wieder so weit. Dann werdet ihr das ganz ähnlich ja auch selbst miterleben; denn das eherne Gesetz des Krieges ist immer das gleiche, nur die Form wandelt sich.

Also es war Anfang Mai vorigen Jahres. Unsere Funkkompanie lag auf einem Grenzhang der Eifel. Über der Sauer, dem kleinen Grenzfluss, lag ein flimmernder Dunst. In den Stuben der Baracken wurde ein »Waschfest« veranstaltet. Im Übrigen der gleiche Dienst wie seit Tagen: Hören, Geben, Schlüsseln. Sicherung im Westen nannte der Wehrmachtbericht unseren Einsatz.

Bei der Division ist alles ruhig, keinerlei Anzeichen eines bevorstehenden Einsatzes. Urlaubsprogramme – Ausbildungspläne auf lange Sicht.

Alles antreten!

Der Hauptwachtmeister verliest einen Stapel Befehle. Zwei Mann zum Lagergestalten: Tannenbäume pflanzen. Gärtner und Forstmänner vortreten! Dann erfolgt die Einteilung zum Dienst.

Kompaniechef von rechts!

Der Chef winkt ab, ruft mich und erklärt mir, es sei Alarm befohlen, alles fertigmachen!

Seid ihr schon einmal in einen Ameisenhaufen getreten? So sah es aus. Alles rennt. Beladen mit Gewehren und Munition, mit Decken und Gasmasken, mit Tornistern und Packtaschen.

Gegen Abend müssen die ersten Trupps weg.

Eiserne Portionen, Abendverpflegung, Sammler und Batterien, Brennstoff, Karten von Luxemburg und Belgien. An alles will gedacht sein. Nichts darf vergessen werden.

Vor allem die Funkunterlagen nicht!

Auf einer Stube sitzt der Kompanieoffizier am Tisch und macht einen Berg von Schlüsseln zum Versand fertig.

Diese Unterlagen enthalten die Geheimsprache unserer Funker, die ja vom Feind nicht zu verstehen sein darf.

Der Kompaniechef beugt sich über den Funkplan und legt den Einsatz seiner Trupps fest. Seine Kompanie zerplatzt im Einsatz: zur Infanterie, zur Artillerie, zu den Pionieren und Panzerjägern sind Trupps abzustellen. Nur die Gegenstellen, die mit diesen Funktrupps den Verkehr aufnehmen, bleiben in seiner Hand und werden zur Funkzentrale bei der Division zusammengefasst. Der Chef schreibt Marschwege und Uhrzeiten heraus.

Die Truppführer der Außenstellen bekommen ihre Befehle. Ein Händedruck, und sie rollen ab. Sie sind mit den Infanteristen die ersten am Feinde!

Der neue Morgen dämmert herauf.

Im Zollhaus ist Hochbetrieb. Kommen und Gehen von Offizieren und Kradmeldern!

In den Funkstellen blinken kleine Lichter an den Empfängern und die Funker hocken davor mit den Hörern, die wie Scheuklappen wirken. Sie warten auf das zirpende Geräusch, das sie zu Buchstaben und Zeichen formen. Doch es ist ruhig in den Kopfhörern. Funkstille bis zur Feindberührung! Die Schlüssler sind in ihren Ecken eingeschlafen.

Jenseits der Felder dämmern Berge aus dem Dunkel. Es muss Luxemburg sein. Die Sauer macht einen großen Bogen um den Ort, von dem eine Brücke über die Grenze führt.

An einem Hang jenseits der Grenze kann man Panzerwerke erkennen. Die Erdaufschüttung ist noch frisch und leuchtet.

Ein Bataillon Infanterie, belebt und sauber wie bei einer Übung, rückt am Hang herunter gegen Langsur, beladen mit Maschinengewehren und Munition.

Hoch im Blau des jungen Tages kreist ein Aufklärer.

Da – eine ungeheure Detonation.

Wir zucken zusammen.

Flieger? Artillerie?

Am Wege scheut ein Pferd und führt einen wilden Reigen auf.

Eine erneute Detonation.

Wir sehen ein blitzendes Licht und eine große Rauchsäule an der Sauer.

Ist eine Brücke gesprengt?

Die Spannung wird immer größer.

Es ist Ernst, für uns kommt der Einsatz!

Die Infanterie marschiert.

Unsere Fahrzeuge gehen etwas später über die Reichsgrenze.

Eine kleine Holzbrücke führt über das zersprengte Hindernis. Wir sind in Luxemburg.

Auf der Straße marschieren die Kolonnen mit gelben Fliegertüchern gegen West. Mit ihnen die Funker!

So wurde Luxemburg durchschritten im schnellen und unaufhaltsamen Vormarsch.

In Arlon war in der Nacht der Feind zurückgegangen, die Brücken sind gesprengt, die Straßen gesperrt. Doch die Wagen suchen sich den Weg über Felder und Eisenbahnlinien. Es gibt keinen Halt. Tapfer hält sich unser Funkfahrzeug.

Betrieb während der Fahrt, heißt der Leitspruch; denn die Verbindung zur Aufklärungsabteilung darf nicht abreißen, kann doch jeden Augenblick Feindberührung eintreten!

Étalle ist erreicht. Auf der Brücke ist eine Sperre errichtet, eine alte Kanone sollte im direkten Beschuss den Vormarsch aufhalten. Nun liegt nur noch ein Trümmerhaufen dort, und eine Fahrbahn führt über ihn hinweg, weiter gegen Westen.

Am Empfänger gibt eine Kerze spärliches Licht. Ich selbst sitze am Gerät.

Ein feiner, piepender Ton ist plötzlich im Kopfhörer. Das Geräusch bricht ab, dann folgen kurze pfeifende Töne im schnellen Rhythmus. Meine Hand schreibt Buchstaben um Buchstaben. Kurz werden die aufgenommenen Zeichen geprüft. Dann summt ein kleiner Motor, und im Sender leuchten die dicken Röhren auf. Die Hand dreht an den Einstellknöpfen, und dann geht die Antwort über die Taste in den Äther: Richtig, alles verstanden.

Schlüssler!

Schnell kriecht ein Funker aus dem Zelt. Er wischt sich den Schlaf aus den Augen und ist plötzlich hellwach, als das Zauberwort Spruch zu entschlüsseln fällt. Wie ein Hexenkünstler mischt er die Buchstaben, bis eine Meldung entsteht.

Der erste Spruch der Aufklärungsabteilung: Feindberührung!

Der Melder wartet bereits mit umgehängtem Karabiner und trabt in die Nacht zum Divisionsstab.

Es geht weiter über Sainte Marie, Bellefontaine. Ein Feldweg führt zum Wald hin.

Da knallt es wie besessen. Gewehrschüsse peitschen vor der Funkstelle in den Boden. Zu allem Überfluss setzt auch noch Flankenfeuer ein: Maschinengewehrgarben streuen auf uns zu. Links auf dem Feld staubt es auf.

Raus aus dem Wagen, in Deckung!

Verdammt, da kam doch von der Gegenstelle eben ein dringender Spruch? Todsicher ein wichtiges Aufklärungsergebnis, vielleicht gar die Meldung über die Bereitstellung feindlicher Panzer, die den vordersten Teilen unserer Division zum Verhängnis werden können.

So schnell wie dieser Gedanke in mir aufblitzt, so schnell bin ich auch wieder im Funkwagen. Doch da sitzt noch –unerschütterlich und eisern – der Betriebshörer am Empfänger und nimmt Zeile um Zeile des kr-Spruches auf. Ungeachtet des Feindfeuers tut der Mann am Gerät seine Pflicht.

Da – ein Bersten und Krachen hinter uns. Eine MG-Garbe hat beide Wagenfenster durchschlagen. Die Trümmer sausen uns nur so um die Ohren. Es gehören schon eiserne Nerven und eine Portion Mut dazu, das Gewehr neben sich im Ständer stehen zu haben und sich seiner Haut doch nicht zu wehren. Es wird immer unheimlicher in unserer Mausefalle, das Feuer nimmt immer mehr zu, und unser großes Fahrzeug ist die ideale Zielscheibe für den Feind.

Doch da kommt die letzte Gruppe und das Schlusszeichen des Spruches. Jetzt durch blitzschnelles Umlegen eines Schalters die

Maschine angelassen, den Sender eingestellt und die Spruchquittung durchgejagt. Die Taste raucht förmlich.

Das Gerät abschalten und in Deckung springen, ist eins.

Hier im Straßengraben haben sich zwei Mann bereits zum Schlüsseln bereitgehalten. Mit fliegender Hast wird der Spruch in den Klartext gebracht, von einem Dritten auf ein Funkspruchformular herausgeschrieben. Wort um Wort ringen wir dem Geheimtext ab, bis sich ein klarer Sinn ergibt:

Feindliches Panzerregiment stellt sich im Waldstück hart ostw. R. zum Angriff bereit. Vermutlich Stoßrichtung NO.

Das gilt unserer Division!

Den dringenden Spruch in der Kartentasche, robbt der Melder durch das anhaltende Feuer, springt in einem feuerarmen Raum auf die Beine und spurtet zum Divisionsgefechtsstand.

Funkspruch für die Division!

Mit lauter Stimme ruft es der Melder in die Gruppe von Offizieren hinein, die sich über den Kartentisch beugen.

Dieser Funkspruch lässt den Führungsstab zu neuen Entschlüssen kommen. Er bewahrt die Truppen der Division vor einer verhängnisvollen Überraschung und gibt das Gesetz des Handelns in die Hand unserer Führung. Inzwischen ist auch der Feuerzauber vorbei. Leichte Infanteriewaffen haben die feindlichen MG-Stellungen zerschlagen, Handgranaten die Schützenlöcher ausgeräuchert. Der Spuk ist vorüber.

Bald ist Belgien durchschritten.

Wir rücken dem wirklichen Feind, dem Franzosen, auf den Leib!

Doch da ich ja nicht der einzige von euch bin, der den Westfeldzug mitmachte«, beschließt der Truppführer seine mit Spannung aufgenommene Erzählung, »mag doch mal ein anderer über seine Erlebnisse auf dem französischen Kriegsschauplatz berichten!«

»Erst wollen wir aber mal eine Zigarette anzünden, um dieses lästige Mückenvolk zu vertreiben, und dann die Vorhänge herablassen und einige Hindenburglichter anstecken.«

»Ich finde auch, das gibt unserer Versammlung einen zünftigen Rahmen«, meint einer humorvoll.

»Also, dann hat der Geber unseres Trupps, dem die Hebamme die Morsetaste in die Wiege legte, nun das Wort!«

Aus der eng zusammengedrängten Schar reckt sich der kräftige Oberkörper eines Gefreiten auf. Seinem scharf geschnittenen Gesicht hat sich das Kampferlebnis aufgeprägt. Nüchtern trägt er das Infanteriesturmabzeichen auf der Brust.

Dieser Bursche kam von einem Infanterienachrichtenzug zur Nachrichtentruppe; er ist Offiziersanwärter. Jeder vom Trupp hat ihn ins Herz geschlossen, er ist ein guter Kamerad und schlägt alle in seinen Bann, wenn er von seinen Erlebnissen im Einsatz erzählt.

»Wie ihr ja alle wisst«, beginnt er seinen Bericht, »entbrannten die heftigsten Kämpfe an den Flussabschnitten als den natürlichen Verteidigungslinien der Franzosen. Und immer dort, wo Schützen und Pioniere einen Flussübergang erzwangen, waren auch wir Männer vom Nachrichtenzug dabei.

So auch beim Aisne-Übergang.

Die Gerätetornister auf unserem Rücken, melden wir uns beim Bataillonsstab. Auch das Artillerieverbindungskommando ist nach vorn geholt worden. Man empfängt uns als die ersten Anzeichen für den nahen Angriff.

Wir warten im Bunker. Der Kommandeur sitzt bei uns. Er trägt die Sicherheit und Zuversicht wie eine Waffe bei sich.

Auf einmal erschüttert die Erde. Alles Denken hört auf, ein ungeheurer Lärm zerreißt die Stille. Unsere Front, die solange geschwiegen, ist erwacht. Aus mehr als 200 Rohren auf engem Raum feuert die Artillerie. Es brüllt, es stöhnt, es wuchtet im Donner der Geschütze.

Da bricht das Grollen kurz ab.

Wir stürzen hinaus.

Ein blasser Morgen ist heraufgestiegen, der den wilden Tanz in kalter Nüchternheit zeigt. Jetzt bersten nur noch vereinzelte Artilleriegeschosse, aber die Luft ist zerrissen vom wütenden Hacken der Maschinengewehre, und wie Peitschenhiebe jagen die Gewehrschüsse dazwischen. Es fetzt in die Hauswände, es zuckt in die Dorfstraße, sodass der Dreck aufspritzt.

Ein Weg führt in den Fluss hinein.

Wir springen in den Hohlweg, werfen uns in Deckung.

Sprung auf – marsch, marsch!

Wieder hämmert der langsame, gehässige Takt des französischen Maschinengewehrs aus nächster Nähe.

Volle Deckung! Und über unsere Köpfe hinweg malt die Garbe einen Bogen Löcher in die Hauswand der Scheune hinter uns.

Jetzt schießen von drüben auch Granatwerfer und Artillerie. Es brüllt und hackt, es ist ein betäubender Lärm.

Wir liegen eng an die Hecke geschmiegt. Ein schon kraftloser Granatsplitter klirrt an meinen Stahlhelm, unser zweiter Funktornister wird von einer Maschinengewehrkugel gestreift und eingebeult. Eine Handbreit vor meinem Gesicht zischt das Blei vorbei.

Vor uns zieht das graue Wasser der Aisne. Drei Mann sind schon drüben, gepresst in das Gras der Uferböschung, regungslos.

Wir kommen nicht weiter.

Ein Schlauchboot liegt im Wasser – aber keiner kann es erreichen.

Schreie: Sanitäter! Unter den Erlen bäumt sich einer auf und wird unheimlich still. Halb im Wasser hängt ein Schwerverwundeter.

An einer anderen Stelle soll der Übergang auf die Insel schon errungen sein.

Im Dorf treffen wir bereits die ersten Gefangenen.

Eine feuchte Wiese. Schwankende Laufbretter, über Tonnen gelegt, führen auf die Insel. Aus dem dichten Laubgehölz heiser und böse das opfersuchende Bellen der französischen Maschinengewehre! Ich laufe als erster Funker hinüber, suche Deckung. Es splittert in den Bäumen über mir.

Nun sind alle Funkstaffeln drüben.

Die Sicht reicht keine zehn Meter weit. Aber das ist kein Nebel, der den Morgen verhängt und nicht weichen will, obwohl die Sonne schon höher steht. Es ist der Pulverdampf unserer Artillerievorbereitung. Ohne die verbergenden Schleier könnten wir aber auch nicht die MG-Nester in unserem Rücken zurücklassen. So mögen sie ruhig weiter tackern, wir laufen voran.

Der Bataillonsgefechtsstand befindet sich in einem kleinen Wäldchen. Schwere Orientierung! Wir bauen zum ersten Mal unsere Geräte auf: Verbindung klappt! Wunderbar!

Feuer wird angefordert, bevor weiter nach dem Kanal vorgestoßen werden kann.

Ein Schlauchboot wird vorbeigeschleppt, Sanitäter tragen ihre Bürde zum Gefechtsverbandsplatz.

Da – wieder Abschüsse und Gurgeln über unseren Köpfen. Dicht vor der eigenen vorderen Linie sitzen die Aufschläge der Granaten, die wir gerufen haben. Das ist das Erhebende, dass wir uns eingespannt fühlen in die Entwicklung des Geschehens, sinnvoll und fördernd an ihrem Fortgang teilhaben dürfen.

Abbauen – Vormarsch – Aufbauen – Funken!

Wir erreichen den Kanal.

Die ersten schieben vorsichtig den Kopf über die Böschung. Da klatscht eine MG-Garbe in den Sand. Nur zwei zucken zurück. Der dritte senkt nur den Kopf und bleibt schwer liegen. Später ziehen wir ihn zu uns herunter; wie ein schweres Gewicht fällt der Arm herab. Er ist tot.

Der Widerstand ist endlich gebrochen. Im Schlauchboot setzen wir über den Kanal. Die Sonne ist nun Herr über den Dunst, sie steht schon hoch und heiß am Himmel.

Bevor wir die ersehnten Höhen ersteigen können, muss noch eine weite Ebene durchlaufen werden. Aus der Flanke peitschen noch einzelne Gewehrschüsse und kurze Feuerstöße leichter Maschinengewehre über die Fläche.

Neben mir bricht ein Melder zusammen. Eine Stichflamme zischt an seinem Leibe auf. Ich beuge mich über ihn. Aus aufgerissenen Augen schaut mich ein Staunen an, ein bangendes Verwundern. Aber er ist unversehrt. Der Schuss ging durch seine Leuchtkugelpatronentasche.

Mit den ersten Schützen sind wir auf den Höhen. Noch liegen sie unter Beschuss. Auch Granaten schlagen um uns herum ein.

Es ist glühend heiß geworden. Das Hemd klebt am Körper. In der Feldflasche ist längst nichts mehr drin. Doch wir haben die Höhen jenseits der Aisne erreicht!

Jetzt stehen wir auf einem Plateau, das zur Aisne-Wiese steil abfällt und wieder zum Wald am Horizont leicht sich senkt. In der Mulde sammelt sich eine Übermacht von Franzosen zum Gegenangriff. Die Schützen gehen bis auf Vorposten zurück.

Kritischer Augenblick.

Keine Sekunde ist zu versäumen: Aufbauen, Verbindung aufnehmen. Hurra! Es klappt! Und nun leiten wir das Feuer in den eingesehenen Feind: 100 Meter vorverlegen, zehn mehr – 100 Meter vorverlegen, vorverlegen, vorverlegen.

Sie weichen, sie suchen den Wald zu erreichen, sie laufen um ihr Leben. Wir jagen sie und damit erst ist der Sieg unser, der Aisne-Übergang gesichert. Dem Kommandeur kommen fast die Tränen in die Augen, als er unserem Nachrichtenzugführer dankt. Infanterie und Artillerie setzten den Übergang durch, nur durch die gemeinsame Abstimmung aufeinander.

Noch einmal scheint der Sieg in Frage gestellt, als plötzlich aus den Mulden Panzer hervorbrechen. Was können uns die paar Handgranaten und zwei Panzerbüchsen nützen gegen einen massiven Panzerangriff?

Schon fegen die Maschinengewehre der Panzer über unsere Köpfe hinweg. Aber unser Funkgerät erweist sich auch hier als Retter in höchster Not: Die Batterien setzen wieder ein und bannen die Gefahr, die uns wie ein drohendes Gespenst überfiel.

Das Bataillon sammelt, geht weiter vor. In der Nähe des Waldrandes wird an einem steilen Muldenhang haltgemacht.

Eingraben.

Ruhe.

Unendlich ist der Dank, den uns die Schützen durch Scherzworte mit einem freudigen Leuchten in den Augen zurufen: Die Artillerie hat heute prima geschossen, und ihr habt das Feuer immer im richtigen Augenblick gerufen und gelenkt.«

In stillschweigendem Übereinkommen richten sich plötzlich aller Augenpaare auf den U.v.D., den Unteroffizier vom Dienst und Stellvertreter des Truppführers. Die eben durchlebte Spannung ist zu gewaltig, als dass jetzt jemand auch nur ein Wort zu sprechen vermöchte. Doch die Blicke der Männer lassen den U.v.D. erkennen, dass er nun an der Reihe ist, der Balkankämpfer, dessen E.K. I und II die äußeren Zeichen für sein Draufgängertum sind.

»Ich werde zum Kompaniechef gerufen und erhalte den Befehl, mich mit meinem Kleinfunktrupp am nächsten Tage beim Führer einer Vorausabteilung zu melden.

Vor Tripoli stoße ich zur Kampfgruppe und erfahre hier ihren Auftrag: quer durch den Peloponnes über Argos-Tripoli in südwestlicher Richtung nach Kalamai vorzustoßen und das Gebiet vom Feinde zu säubern.

Ich selbst habe hierbei die Aufgabe, die Funkverbindung von der Vorausabteilung zur Division sicherzustellen und zu halten. Ein verantwortungsvoller Auftrag! Tripoli feindfrei, lautet unsere erste Meldung, die über viele Kilometer hinweg an die Division getastet wird.

Ich werde mit meiner Funkstelle drei Panzerspähwagen zugeteilt, die mit Erkundungsauftrag voraus gesandt werden.

Durch die Einwohner haben wir erfahren, dass der Tommy noch keinen sehr großen Vorsprung vor uns hat. Nachts sind die letzten Engländer durch die Stadt gerollt. Für uns also Parole: Vorwärts marsch.

Es gibt lange Gebirgspässe zu überwinden. Größte Anforderungen an Fahrzeug und Fahrer werden gestellt. Der Engländer hatte nichts mehr gesprengt, er hatte keine Zeit mehr dazu. Wir jagen ihn; ob wir ihn noch schnappen?

Die letzte Höhe des Passes in Richtung Kalamai ist erreicht. Vor uns liegt ein herrliches, fruchtbares Tal. Weingärten, Obstbäume, Kakteenstämme, Zitronen und Apfelsinenbäume, Zypressen. Paradies heißt eine der Ortschaften, durch die wir kommen. Vom Tommy auch hier noch keine Spur. Dann geht es den Pass hinunter. Bis Kalamai noch etwa 25 Kilometer, vor uns eine kleine Ortschaft: Skala.

Da plötzlich Schüsse von rechts aus der Weinplantage! Der Panzerspähwagen vor uns hält an.

Wieder Schüsse. Ein Panzer antwortet mit ehernen Schüssen seiner Kanone. Wir springen vom Fahrzeug, und ich lasse die Funkstelle etwas weiter vorziehen, um Seitendeckung zu haben.

Da erblicken wir den ersten Tommy. Unter einer Straßenunterführung, zehn Meter vor uns, hocken sechs Mann mit MG und Handfeuerwaffen.

Wir stürzen auf sie zu.

Sie sind vor Schreck gelähmt, und einer nach dem anderen kommt aus dem natürlichen Unterstand heraus. Zu gleicher Zeit melden sich die ersten Engländer mit erhobenen Armen. Wir stellen unser Schießen ein. Die Tommys werden von uns auf Englisch aufgefordert, ihre Kameraden zu holen. Wir garantieren ihnen, dann nicht mehr zu schießen.

Mit erhobenen Händen, uns noch immer nicht ganz trauend, gehen sie in die Weinplantage, laut ihre Kameraden rufend, und dann kommt ein Tommy nach dem anderen heraus. Wir drängen auf Eile, und im Handumdrehen sind etwa 60 Tommys von uns entwaffnet.

Meine Funker sind geschockt.

Neben dem Krieg mit der Taste, den sie sonst gewöhnt sind, ist der Krieg Mann gegen Mann an sie herangetreten.

Sie lösen ihre neue Aufgabe gut. Als wenn es immer zu ihrem Aufgabenbereich gehört hätte, werden dann die Tommys vernommen Wie haben Teile der englischen Nachhut geschnappt; das Gros der Engländer sitze noch in Kalamai. Zahl unbekannt. Unsere Schützen kommen heran. Nach links und rechts wird ausgeschwärmt. Wir übergeben ihnen die Gefangenen und fahren weiter.

Ich sehe vom Fahrzeug aus in einem Seitenweg zwei Engländer vor uns in Deckung gehen. Schon sind wir vom Fahrzeug. Sie kommen heran, ein englischer Captain und ein verwundeter

Major. Der Captain übergibt mir seine Waffe. Die Schützen übernehmen die beiden.

Vor Kalamai gibt es wieder Feuer.

Da sind wir schon mitten in der Stadt. Vier deutsche Fahrzeuge in einer von 9.000 Engländern besetzten Stadt! Die auf der Straße befindlichen Zivilisten flüchten und können nicht begreifen, dass wir Germanos schon da sind. Der Tommy noch weniger. Aus einer Seitenstraße kommt ein englischer Lastkraftwagen angebraust.

Wir springen vom Funkwagen.

Tommys!

Einige Schüsse aus meiner Maschinenpistole, aus dem Gewehr meines Kraftfahrers und aus der Pistole eines meiner Funker bringen ihn 50 Meter weiter zum Halten.

Schüsse längs der Straße. Wir antworten. Dann Ruhe. Wir fordern die Tommys wiederum auf, ihre Kameraden zu holen. Englische Offiziere gehen und kommen mit 50 bis 100 Mann wieder.

Die ersten Schützen treffen ein. Weitere Hunderte von Engländern, die den Hafen besetzt hielten, ergeben sich und werden mit Beutelastkraftwagen zurückgeschafft.

Durch Handstreich ist der Hafen in unseren Besitz gekommen. Zwei eigene Geschütze werden nachgezogen. Der Tommy greift jetzt vom Stadtrand mit stärkeren Kräften den Hafen an. Wir antworten mit MG-Garben und Geschützfeuer.

Währenddessen bauen wir die Funkstelle auf, und dann geht der Spruch in den Äther: Stadt und Hafen Kalamai erreicht, Hunderte von Engländern gefangen.

Stärker wird der Geschoßhagel. Die ersten Kameraden werden verwundet, fallen. Ein Geschütz muss aufgegeben werden. Der Tommy kämpft mit erdrückender Übermacht noch verzweifelt um den Hafen. Es hagelt MG-Salven über den Hafenkai, dorthin, wo die Funkstelle aufgebaut ist.

Wir müssen den freien Platz räumen, wenn wir die Funkstelle retten wollen. In fieberhafter Eile werden, ohne jede eigene Deckung, im Feindfeuer die Antennen gelöst. Einer bringt den

Steckmast wie eine Fahnenstange mit fliegenden Antennen 50 Meter zurück in Sicherheit. Die Gegengewichte schnappen sich die anderen.

Der Kraftfahrer steht sprungbereit hinter der Funkstelle. Schon springt er in den Wagen, gibt Gas und verschwindet trotz der Geschoßgarben der Engländer, die etwas zu hoch schießen, hinter den schützenden Häusern. Wir zu Fuß hinterher. Keiner von uns ist getroffen. Glück gehabt.

Ich melde mich beim Kommandeur zurück und baue die Funkstelle am Stadtrand neu auf. Keine Verbindung. Unsere Gegenstelle ist vermutlich auf dem Marsch zum neuen Divisionsgefechtsstand. Mit ihrer Dachantenne hört sie uns nicht. Verdammt! Gerade jetzt!

Es wird Nacht. Ich bekomme ein MG als Sicherung, da wir vom Bataillon etwa einen Kilometer abgesetzt sind und allein auf weiter Flur stehen. Das Feuer wird in der Stadt gegen Mitternacht schwächer.

Die Schiffe der Tommys sind erschienen. Der Westteil des Hafens ist jedoch in unserer Hand. Die englischen Schiffe trauen sich nicht, in den Hafen einzufahren. Verzweifelt blinken die Engländer vom Lande aus SOS. Es nützt nichts. Der Morgen graut. Ihre Schiffe, die letzte Hoffnung der Tommys, dampfen ab. Aus Angst vor unseren Stukas, die nun angefordert sind, bricht auch ihr Widerstand zusammen.

Der englische General schickt einen Parlamentär. Bedingungslose Übergabe lautet die deutsche Forderung.

Ich bekomme Befehl, in der Nähe des Bataillonsgefechtsstandes in der Stadt meine Funkstelle aufzubauen. Der Mast steht in wenigen Sekunden. Fieberhaft schlüsseln die Männer, und dann geht unsere erste Siegesmeldung über unser Gerät. Die Taste hämmert unter der leichten Hand unseres Gebers wie vor ein paar Stunden noch unsere Maschinenpistole. Und wir wissen: Der morgige Wehrmachtbericht wird den Inhalt unseres Spruches und das Ergebnis unseres Kampfes der Welt zur Kenntnis bringen!

Im Zuge unserer Unternehmung haben sich ergeben: ein englischer General mit 5.000 Engländern, darunter Inder und Australier, 2.500 Palästinatruppen, vier serbische Generale mit einigen hundert serbischen Offizieren und Mannschaften, insgesamt 9.000 Mann.

Wir unterhalten uns mit dem englischen Parlamentär, während im Laufe des Vormittags die Massen der Gefangenen ans uns vorüberziehen.

Sieben Monate haben wir keine Post mehr nach Ägypten bekommen, so berichtet der englische Dolmetscher.

Gegen Mittag erscheint unser Divisionskommandeur. Am Nachmittag muss sich der Trupp geschlossen bei ihm melden. Wir stehen mit noch anderen Kameraden von den Schützen zusammen vor unserem General. Er hält eine kurze, markige Ansprache und heftet uns selbst das Eiserne Kreuz an die Brust. Ich selbst kehre mit dem E.K. I zur Kompanie zurück und melde meinem Kompaniechef und Kommandeur.

Es war der letzte, aber stärkste Widerstand, der auf griechischem Festland von den Engländern geleistet wurde, und wir Funker waren an vorderster Front dabei.«

»Ein Vormarsch unter solch schwierigen Geländeverhältnissen, wie sie der Balkan aufweist, war sicher auch für die Fahrer ein harter Prüfstein«, wirft der junge Kraftfahrer ein, der vor einer Woche erst von der Kraftfahrersatzabteilung zur Kompanie versetzt und dem Trupp mc2 zugeteilt worden ist.

»Ja, aber ganz gewiss, mit der Fahrschulpraxis allein hätten es die Männer nicht geschafft. Zum Teil hatten sie aber schon im Polenfeldzug Erfahrungen gesammelt. Hier aber kam nun etwas völlig Neues hinzu: die Fahrt auf engen Serpentinen, die Überwindung steilster Gebirgspässe, die nur mit dem Geländegang oder gar nur unter dem Vorspann von Panzern geschafft werden konnten. Die größte Wendigkeit der Kraftfahrer erforderten aber die kurzen Felskehren. Hier drohten die Kfz im wahrsten Sinne des Wortes steckenzubleiben. Oftmals auch mussten sich die

Fahrzeuge durch Labyrinthe von zentnerschweren Felsbrocken hindurch winden.

Doch wir haben ja den erprobten Kraftfahrer unserer Funkstelle unter uns. Er ist ja wohl in Norwegen dabei gewesen und wird uns sicher hierüber Interessantes zu erzählen haben. Denn gerade auch der Einsatz im Norden ist hierfür wohl ein Schulbeispiel gewesen.«

»Das kann man wohl sagen, Herr Unteroffizier«, nimmt der Angeredete das Wort auf. »Kraftfahren wurde bei uns groß geschrieben! Doch bevor wir zeigen konnten, dass es auch für einen Kraftfahrer kein Unmöglich gibt, mussten wir uns zunächst auf dem Wasser bewähren. In Aalborg geht der größte Teil meiner Kameraden an Bord der Cordoba. Ich selbst werde mit anderen Truppen der Division auf der Buenos Aires eingeschifft.

In den Abendstunden lösen sich die Taue und unser Schiff geht in See. Mit ihm weitere drei Frachter. Wir stellen einen richtigen Konvoi dar, der durch sechs Torpedoboote gesichert wird.

Mit Anbruch der Nacht haben wir das Kattegatt erreicht.

Wir legen unsere Schwimmwesten an.

Höchste Alarmbereitschaft!

Niemand darf unter Deck. Keiner darf schlafen.

Jeweils neun Mann halten sich auf Deck an einem Floßsack auf. Die Ausgucke des Frachters suchen unermüdlich mit den Gläsern die Wasseroberfläche ab.

Es sind englische U-Boote gemeldet.

Flink gibt der Signalgast seine Flaggensignale zum Nachbarschiff; sie werden von dort ebenso schnell erwidert.

Da geht auf einmal eine gewaltige Erschütterung durch das Schiff, gefolgt von einer starken Detonation.

Alles klar zum Springen!, kommt der Befehl von der Kommandobrücke.

Floßsäcke aussetzen!

Ein Torpedo hat unsere Buenos Aires getroffen.

Jetzt bleibt keine andere Wahl, als der Sprung über die Reling. Von kräftigen Fäusten gepackt, gehen zunächst die Floßsäcke über Bord. Dann springen wir selbst.

Zwischen treibenden Trümmern falle ich wie ein Stein ins Meer. Kräftiges Treten bringt mich an die Oberfläche zurück. Brav hält mich meine Schwimmweste über dem öligen Wasser, bis ich – mir kommt es wie eine Ewigkeit vor – von Männern eines Rettungsbootes aufgefischt werde.

Ich werde dann von einem Frachter an Bord genommen.

Ein paar Glas Kognak und trockene Kleider lassen mich den ausgestandenen Schrecken überstehen. Frische Lieder und Tiroler Jodler der Kameraden an Bord tun ein Übriges. Dazu kommt das unbekannte Erlebnis der Seefahrt. Da steigt weit in der Ferne ein Fels aus dem Meer: die Küste Norwegens. Jetzt steht die Einfahrt in den Oslo-Fjord bevor – wiederum ein waghalsiges Unternehmen, da dieses Gebiet ein beliebter Tummelplatz englischer U-Boote ist.

Der ganze Konvoi steuert zunächst in Richtung auf England, um dann – wie ein Hase – einen Haken nach Süden in Richtung auf Schweden zu schlagen.

Mit entblößtem Haupt passieren wir die Boje, die jene Stelle bezeichnet, an der unser stolzer Panzerkreuzer Blücher bei Beginn der Kämpfe um Norwegen mit wehender Kriegsflagge in den Wellen versank.

Eine Stunde vor Mitternacht legen wir in Oslo an. Es ist ein denkwürdiger Augenblick, als unser Schiff an dem Boden vertäut wird, den ein kühnes Häuflein deutscher Gebirgsjäger erkämpfte und nun zäh hält.

Die Offiziere haben unserer Division einen ehrenvollen Auftrag zugedacht: den zäh sich verteidigenden Gegner so rasch wie möglich in Namsos zu werfen und dann in ständigem Vorwärtsdrängen nach Norden die Gruppe Narvik zu entsetzen.

Ein Bataillon war in Dänemark bereits in Flugzeuge verladen und auf dem Luftwege nach Trondheim transportiert worden. Mit ihm ein Vorkommando unserer Nachrichtenabteilung mit der

Aufgabe, bis zum Eintreffen der Abteilung die dringendsten Nachrichtenverbindungen herzustellen.

Zwei Tage nach unserer Landung wird eine ganz auf sich selbst angewiesene Marschgruppe mit unserem Abteilungskommandeur als Führer gebildet.

Auftrag: Auf raschestem Wege Trondheim erreichen und zu der auf dem Luftwege vorausgesandten Kampfgruppe der Division stoßen.

Fast 200 Kraftfahrzeuge aller Gattungen rollen, in kleineren Gruppen zusammengefasst, von Oslo über Hamar nach Lillehammer. Die Überquerung der ersten Behelfsbrücke über den Minnesund, die geschicktes Geländefahren erfordert, vermittelt die ersten Gefechtseindrücke in Norwegen. Frische Gräber mit Birkenkreuzen und Stahlhelmen künden vom Tod deutscher Gebirgsjäger.

Riesige Steilschluchten oberhalb Otta werden auf Behelfsbrücken überquert, die Pioniere in tage- und nächtelanger Arbeit geschlagen haben. Hier zeigt es sich, wer wirklich Kraftfahren kann. Das Lenkrad fest in den Fäusten, werden die schweren Wagen über die Bohlenbahn der Brücke geschaukelt. Wenige Zentimeter nur nach der Seite abgewichen, und das Fahrzeug kippt auf Nimmerwiedersehen in die Schlucht!

Dombås ist erreicht.

Jetzt beginnt ein mühsamer Aufstieg.

Mit der Kraft unserer Fäuste und Arme schaufeln und bohlen wir uns Meter um Meter auf den Serpentinen empor, auf ein karstiges, mit tiefem Schnee bedecktes Hochplateau, über das ein eisiger Wind fegt. Schneeketten auflegen!, wird befohlen.

Etwa 60 Kilometer gewinnen wir auf gefrorenen und vereisten Straßen in Richtung nach Norden. Wieder empfängt uns der ewig singende Wald im Lande Peer Gynts.

Erschöpft und hundemüde treffen wir in Trondheim ein. Wir haben es geschafft! Gott sei Dank! Doch wir dürfen uns keine Ruhe gönnen. Die Kraftfahrzeuge haben auf den grundlosen

Pfaden stark gelitten. So sieht man uns schon am nächsten Morgen in den Kraftfahrerkombinationen an unseren Wagen.

Mit den instandgesetzten Fahrzeugen wird der Weitermarsch angetreten. Die Fahrt entlang des Trondheim-Fjords ist ein starkes Erlebnis. In den Abendstunden trifft die Marschgruppe in Steinkjer ein, das während der vorausgegangenen Kämpfe bis auf die Grundmauern eingeäschert worden ist.

Nächstes Marschziel: Mosjøen!

Da baut sich vor uns ein gewaltiges Hindernis auf: ein breiter Fjord. Die Brücke, über die die Straße einstmals ans jenseitige Ufer führte, ist zerstört, die Pontonfähre nicht einsatzfähig. Ein vor uns noch übersetzender Lkw der Luftwaffe, der mit Öl und Betriebsstoff bis obenan beladen ist, sackt ab. Drei von vier Pontons sind voll Wasser gelaufen und haben die Fähre zum Sinken gebracht.

Mit Hauruck! und Zugleich! werden in achtzehnstündiger Arbeit Fähre, Lkw und Betriebsstofffässer an die Wasseroberfläche gebracht. Am nächsten Morgen endlich setzt unsere Marschgruppe über. Sie erreicht noch am selben Tage Mosjøen.

Beim Weitermarsch stellt sich uns ein ähnliches Hindernis in den Weg: der.

Die hier betriebene Fähre ist ein Kuriosum besonderer Art: zwei von einem M-Boot gezogene Fähren aus Benzinfässern haben 25 Schinakel im Schlepp. Der Anblick eines solchen merkwürdigen, dazu ständig jodelnden Konvois stimmt uns wieder einmal heiter.

Den Engländern passt dieser Betrieb weniger. Mit bewaffneten Kästen fangen sie in dem Fjord zu geistern an und verfolgen unsere prächtigen Jäger mit Schnellfeuerkanonen. Dass die Engländer immer gerade dann erscheinen, wenn ein Konvoi losfährt, lässt uns aufmerken. Da muss auf irgendeinem Wege Feindbenachrichtigung erfolgen! Sicher auf irgendeiner Fernsprechleitung.

Der Entschluss steht fest: das seewärts gelegene Fernsprechamt in Leir-Helgeland ist auszuräuchern, um die Nachrichtenverbindungen abzudrosseln.

Eine aus Jägern und Nachrichtenmännern zusammengestellte Gruppe erreicht in stundenlangem Fußmarsch über das Gebirge das befohlene Ziel. Trotz der großen Entfernung wird ein Draht gezogen, der den Trupp in ständiger Verbindung mit der Abteilung hält. Ein halbes Dutzend Handgranaten räuchert das Postamt aus und schafft so die Voraussetzung für eine ungestörte Überfahrt über den Ranfjord nach Mo i Rana.

Die Anstrengungen der letzten Tage finden hier ihren Lohn: Nach dreiwöchiger Pause trifft Feldpost aus der Heimat ein! In Mo reift ein kühner Plan.

Es werden die Vorbereitungen getroffen für ein voraus zu sendendes Unternehmen. In aller Eile stellt man aus den vorhandenen Kräften eine Kampfgruppe zusammen, um die von den Engländern eingeschlossenen Narvikkämpfer zu befreien.

Unsere Nachrichtenabteilung ist mit ihren eingesetzten Teilen 500 Kilometer auseinandergezogen!

Wie nun schnell Funker und Gerät herbeischaffen?

Dringende Ferngespräche mit allen möglichen Dienst- und leitenden Fährstellen bringen unsere Männer und das Gerät dann doch noch zur rechten Zeit nach vorn.

Inzwischen sind auch wir mit der Marschgruppe wieder auf dem Weitermarsch nach Norden. In strahlender Mitternachtssonne passieren wir den nördlichen Polarkreis in einem eiswüstenähnlichen Gelände. Ein brennender Wald, englische Flieger und Geschützdonner weisen uns den Weg zu unserem Marschziel: dem Divisionsgefechtsstand, der in einem Blockhaus aufgeschlagen worden ist.

Das durch den Artilleriebeschuss erheblich mitgenommene Fernsprechgestänge nach Saltdal wird von Bautrupps instand gesetzt. Unsere Kampfbataillone stürmen bereits beiderseits des Salt-Fjords. Die Jäger dringen in Richtung auf Sörfeld und Bodø vor.

Wieder erwachsen auch uns gewaltige Schwierigkeiten; das Funk- und Fernsprechgerät muss über weite Strecken nach vorn gebracht werden.

Ein Zug marschiert mit seinen schwer bepackten Funkern auf Fauske mit dem Auftrag, die Verbindung mit der Kampfgruppe in Sörfeld herzustellen und von dort mit dem Unternehmen eine Fernsprechleitung durch weg- und stegloses Gelände nach Narvik vorzutreiben.

Vom Ruderboot aus wird die Feldkabelleitung verlegt, immer entlang an den Steilwänden des Leir-Fjords. Nach Tagen ist sie bis zum Lager II vorgetrieben.

Entlang dieser Leitung bewegen sich nun die zum Einsatz befohlenen Kampfgruppen. Mit ihnen marschieren, die Gerätetornister auf dem Rücken, unsere braven Funker und halten die nie abreißende Verbindung nach rück- und seitwärts. Kleinfunkstellen erreichen in dreitägigem Gebirgsmarsch über Hochmoor, Fels und Gletscher Hellembooten und stoßen später von hier aus über Fjellbu nach Narvik vor.

46 Kilometer Feldkabelleitung waren in den letzten Tagen von unseren Fernsprechern in dem weg- und steglosen Lande Peer Gynts gebaut worden. Da bietet sich das seewärts gelegene permanente Kabelnetz zur Ausnutzung an.

Eine Fernsprechleitung nach Narvik wird sichergestellt.

Am gleichen Tage kapituliert das norwegische Heer!«

»Jungs, ich habe noch gar nicht gewusst, dass unser mc2 ja geradezu ein Weltenbummlertrupp ist. Wir haben ja nun bald alle Einsätze beisammen. Norwegen, Holland, Belgien, Frankreich, Balkan … fehlt eigentlich nur noch der Polenfeldzug. War keiner von euch in Polen eingesetzt?«

»Doch, Herr Wachtmeister«, meldet sich der Betriebshörer, der die Kopfhörer abgelegt und sich mit in den Kreis der Kameraden gesetzt hat. »Ich habe den Polenfeldzug mitgemacht und will ein Erlebnis herausgreifen, das heute noch ganz lebendig vor meinen Augen steht. Es war wenige Tage nach Kriegsbeginn. Die Panzerdivision hat die erste Widerstandslinie bei Pleß, zehn Kilometer südlich Kattowitz, durchbrochen. Der Divisionsstab richtet sich für eine kurze Marschpause ein. Unsere Abteilung kommt mit der

Funkstaffel und den Fernsprechteilen auf dem Dorfplatz und einem angrenzenden Gutshof unter.

Bei der Funkstaffel herrscht Hochbetrieb! Die Männer am Gerät nehmen eine Funkmeldung nach der anderen auf; die zu befördernden Sprüche türmen sich zu einem Berg. Wenn die Morsezeichen wie die Leuchtspurmunition die Eigenschaft hätten, ihre Bahn durch den Äther mit gleißenden Spiralen zu bezeichnen, müsste dies das prächtigste Feuerwerk abgeben. Der Inhalt der Funksprüche kennzeichnet den bitteren Kampf unserer Panzer und Schützenregimenter.

Der ganze Trupp brennt darauf, die Sprüche so schnell wie möglich zu entschlüsseln. Jeder Mann erlebt den Kampf der Panzer und Schützen mit. Die Kradmelder haben ihre Maschinen schon angetreten, um Spruch um Spruch –entschlüsselt und auf das Formular geschrieben – zum Führungsstab zu bringen, denn auf diesen Meldungen der vordersten Teile baut sich der Entschluss der Führung auf.

Nach Mitternacht beruhigt sich der Funkverkehr. Alle Sprüche sind abgesetzt, der laufende Verkehr ist abgewickelt.

Die Truppbesatzung wird abgelöst. Die Männer haben heute die Ruhe weiß Gott verdient. Eine Funkwache bleibt am Gerät für den Fall, dass die Gegenstelle doch noch einen Spruch für uns hat. Die Posten sind schon lange aufgezogen. Sie bewachen den Schlaf ihrer Kameraden.

Drei Tage sind alle nicht mehr aus den Stiefeln gekommen. Schnell wird etwas Stroh herbeigeschafft, jeder wickelt sich in seine Decke und schläft in nächster Nähe seines Fahrzeuges.

Der vorgeschobene Posten am Dorfrand wird stutzig. Ganz von fern ist Pferdegetrappel und Stimmengewirr zu hören, zunächst kaum vernehmbar, aber schnell wird es lauter, und nun sieht er, wie sich eine endlose Kolonne im ersten Morgendämmern auf das Dorf zubewegt. Unsere Panzer sind schon wieder weit vor; sie haben die ganze Nacht den zurückweichenden Feind verfolgt.

Ist das etwa nachrückende Infanterie? Doch sie kommt ja von der Feindseite!

Sollte sie sich in der Finsternis verirrt haben?

Die Spitze der Kolonne ist schon auf 30 Meter heran. Da trägt der Wind plötzlich polnische Laute zum Posten herüber. Und nun ist es ihm auch klar, und er erkennt sie an den Stahlhelmen: Das sind Polen, die schwatzend und rauchend auf das Dorf zu marschieren. Sie scheinen keine Ahnung zu haben, dass der Ort von deutschen Truppen besetzt ist.

Der erste Schreck ist verflogen.

Blitzschnell wird gehandelt.

In langen Sätzen stürzt der Posten zur Feldwache und alarmiert sie. Eine kurze Meldung geht an den Divisionsstab.

Alarm!

Schlaftrunken stürzen die Funker zu den Gewehren. In aller Eile werden die Trupps zur Verteidigung eingesetzt.

Die Polen sind schon ganz dicht heran.

Da knattern unsere MG und reißen große Lücken in die dicht marschierenden Reihen. Der Pakzug ist aufgefahren und schleudert Tod und Verderben in den überraschten Gegner.

Da hat sich der Pole vom ersten Schrecken erholt. Er entfaltet sich und geht zum Angriff über.

Jetzt kommt von der Funkstaffel noch Verstärkung heran. Alle Männer sind jedoch nicht zu entbehren. Einige müssen am Gerät bleiben, denn der Funkbetrieb geht ohne Unterbrechung weiter.

Eine Funkstelle erhält den Befehl, bei der Panzerbrigade Verstärkung anzufordern. Der Mann am Sender drückt die Taste und ruft die Gegenstelle.

Bange Sekunden vergehen.

Ob die Gegenstelle ihn gehört hat?

Ist der Funker vor Übermüdung eingeschlafen?

Er hat ja auch schon über drei Tage kein Auge zugemacht, denn alle Trupps sind seit Beginn dieses Ringens eingesetzt. Alle möglichen Gedanken schwirren dem Funker durch den Kopf, während er – zwei Strich rauf, zwei Strich runter – an der Feineinstellung kurbelt.

Da tönt es klar und deutlich aus dem Empfangsgerät: e j f.

Hurra! – Die Gegenstelle antwortet.

Der Kamerad hat nicht geschlafen, sondern genau wie er gewacht. Es ist sein Freund. In der Rekrutenzeit waren sie in einer Korporalschaft. Schnell ist der Spruch durchgejagt, und kurze Zeit darauf kommt auch die Aushändigungsbestätigung. Der Spruch ist bereits in den Händen des Brigadekommandeurs, die Verstärkung wird sofort in Marsch gesetzt.

Inzwischen sind die Polen ins Dorf eingedrungen. Sie haben bemerkt, wie schwach es von uns besetzt ist. An einzelnen Stellen ist bereits der Nahkampf entbrannt.

Tapfer kämpfen die Funker mit den Kameraden des Divisionsstabes. Mit MG, Gewehr und Handgranaten hält sich das unerschrockene Häuflein die Angreifer vom Leibe. Manch einer der Tapferen sinkt, von einem feindlichen Geschoß getroffen, zusammen. Auf beiden Seiten verlieren zahllose Mütter ihre Söhne!

Bis zum Schlosshof ist die kleine, heldenhaft kämpfende Schar jetzt schon zurückgedrängt. Da trifft die Verstärkung ein: Panzerkampfwagen, die mit MG und Kanone sofort in den Kampf eingreifen. Unter dieser geballten, den sicheren Tod bringenden Feuerkraft weicht die feindliche Macht zurück. Was sich nicht ergibt, wird zersprengt und aufgerieben.«

»Alle Achtung vor diesem Funker, dem rettenden Engel des Divisionsstabes, der durch Wachsamkeit und eisernes Pflichtbewusstsein den Stab vor Gefangennahme oder gar vor völliger Vernichtung bewahrte«, fasst der U.v.D. die Gedanken der Truppangehörigen zusammen, die noch unter dem Eindruck des eben berichteten Erlebnisses stehen.

»Übrigens sollten wir alle aus dieser Schilderung unserer Kameraden lernen; denn wenn wir tatsächlich mit den Sowjets in Konflikt kommen, dürfte sich die Art des Kampfes wiederholen. Es ist mehr als wahrscheinlich, dass der Russe zum Heckenkrieg greifen und unserer Division die Aufgabe zufallen wird, die von Panzerverbänden durchstoßenen Gebiete von versprengten Feindteilen zu säubern. Also immer Augen und Ohren offenhalten!«

*

»Alaaarm!«

Weithin hallt der Ruf durch den nachtdunklen Wald.

Ein Kradmelder kommt angebraust.

»Trupps marschfertig machen!«

»Truppführer sofort zum Kompaniechef!«

Im Halbkreis stehen die Truppführer erwartungsvoll um ihren Chef.

»Kameraden! Die Stunde unseres Einsatzes ist gekommen.

In der Morgendämmerung wird unsere Division die sowjetische Grenze überschreiten. Es ist bekannt geworden, dass der Russe mit England paktiert und seit geraumer Zeit ein gefährliches Doppelspiel treibt.

Vom Nordkap bis zum Schwarzen Meer stehen deutsche Divisionen bereit, dem beabsichtigten Plan der Sowjets, uns in den Rücken zu fallen, zuvorzukommen.« Dies ist als Losung zuvor durch die oberste Führung herausgegeben worden und soll durch alle Offiziere verbreitet werden, um den deutschen Angriff auf die Sowjetunion zu erklären.

»Der uns bevorstehende Kampf wird nicht leicht sein. Doch die bisherigen Feldzüge haben ja erwiesen, dass nichts unmöglich ist. Von euch erwarte ich den gleichen Mut und die gleiche Tapferkeit, wie ihr sie in den zurückliegenden Einsätzen schon gezeigt habt.

Hals- und Beinbruch, Kameraden!«

# Von wegen Sitzkrieg!

Es war in den ersten Januartagen des Jahres 1940. Über das Vorfeld der Westfront, nicht weit vom Dreiländereck entfernt, jagte ein wütender Schneesturm. Es war bitterkalt. Die eisige Luft durchdrang wie mit feinen Nadelstichen selbst die wollenen Kopfschützer, die Handschuhe und die dicksten Mäntel der vorgeschobenen deutschen Posten, über deren Köpfe die französische Artillerie den Hagel ihrer Granaten schickte. Es war wirklich keine reine Freude, bei diesem Wetter draußen zu sein.

Umso gemütlicher war es um diese Zeit in dem kleinen Unterstand Zur schönen Aussicht. Seine Insassen, fünf deutsche Landser, hatten ihn so getauft, weil er am Rande eines Hügels lag, von dem aus man bei gutem Wetter mit dem Fernglas bis weit in die französischen Stellungen hineinsehen konnte.

Eine wohlige Wärme durchflutete den kleinen Raum, der Kanonenofen wetteiferte in seinem Gebullere mit dem Dröhnen der französischen Artillerie und die aufzuckenden Flammen beleuchteten die Gesichter von vier deutschen Soldaten, die um ihn herum auf Kisten oder auch am Boden hockten.

Zum Zustand letzter Gemütlichkeit fehlte jedoch entschieden eine sehr wichtige Sache und das war ein gefüllter Magen. Man schob Kohldampf und mit Sehnsucht erwarteten die vier Landser ihren fünften Kameraden, den Essenholer, der längst überfällig war.

Der lange Erwin war am ungeduldigsten. Er hatte seine Stiefel ausgezogen, streckte die Füße gegen den wärmenden Ofen und schimpfte zum Gotterbarmen.

»Der Teufel soll den Franzmann holen! Nicht einmal sein Essen bekommt man zur rechten Zeit, weil der Kerl seine dicken Brocken heute immer gleich lagenweise in die Gegend schießt. Die Luft muss schon ganz eisenhaltig sein!«

Auch Max, der Bunkerhund, ein kleiner Spitz aus den Gefilden Polens, war sehr ungnädig. Sicher knurrte auch sein Magen und mit wimmerndem Kläffen pflichtete er Erwin bei, bis ihn dieser so heftig anschnauzte, dass er seinen Schwanz einkniff und schleunigst unter das Bett flüchtete.

Die anderen drei Landser versuchten, sich mit Humor zu helfen.

»Lass man, Erwin, in 50 Jahren ist alles vorbei!«, sagte Fritz.

Mit Friedrich und Egon, den beiden anderen Kameraden, bildete er zusammen ein Kleeblatt unverwüstlichen Humors, und nicht zu Unrecht hatten sie den Beinamen Die drei lustigen Gesellen erhalten. Mochte es noch so schlimm kommen, einer von ihnen fand im richtigen Augenblick stets das passende Wort und schon oft hatte einer ihrer treffenden Aussprüche über manche schwierige Situation hinweggeholfen.

Auch jetzt hatte Fritz seinem grollenden Freund Erwin schon wieder ein Lächeln abgezwungen. Alle rückten noch näher an den Ofen heran und schließlich kehrte auch Max in den Kreis zurück.

Draußen herrschte wirklich ein Schweinewetter. Immer noch wummerten die französischen Granaten und dazwischen heulte der steife Nordost, der mit erbitterter Boshaftigkeit am Dach des Unterstandes zerrte.

Da … plötzlich donnerten schwere Fußtritte gegen die Tür, und fast gleichzeitig sprangen die vier Mann im Unterstand in die Höhe.

»Das ist er!«, rief Egon erleichtert.

Und er war es. Die Tür flog auf, und in dem schmalen Graben vor dem Eingang stand Horst Neumann. Den Kopfschützer tief ins Gesicht gezogen, sah er aus wie ein leibhaftiger Schneemann, von oben bis unten mit dicken, weißen Flocken bedeckt. In der Rechten hielt er den Essenträger mit der warmen Kohlsuppe, während er unter den linken Arm den Pappkarton geklemmt hatte, in dem die Abendportionen verstaut waren.

»Na endlich«, begrüßte ihn der lange Erwin. »Mensch, wo hast du dich denn so lange herumgetrieben? Uns hängt der Magen schon bis in die Kniekehlen und du gehst da draußen als Weihnachtsmann spazieren!«

Es sollte natürlich ein Witz sein, denn Erwin wusste ganz genau, wie schwer und gefährlich die Aufgabe des Essenholens war. Aber Horst Neumann machte bei dieser Anrede ein Gesicht, als müsste er sich vielmals für sein Zuspätkommen entschuldigen.

Er war ein ruhiger, etwas verschlossener Junge von 25 Jahren. Das Leben hatte es nicht sehr gut mit ihm gemeint. Bald nach seiner Geburt war seine Mutter gestorben, der Vater hatte 1917 während des großen Ringens um Verdun den Tod gefunden und von da an war er von einer Tante erzogen worden, die nur wenig Liebe für ihn aufbringen konnte, und die froh war, dass er eines Tages zu einem Dorfschmied in Ostpreußen in die Lehre kam.

So hatte Horst Neumann nichts anderes als Hammer und Amboss kennengelernt, war ein schweigsamer, redeungewandter Mensch geblieben, seinen Freunden gegenüber aber ein wunderbarer Kamerad, der es ihnen nie übelnahm, wenn sie ihn wegen seiner Zurückgezogenheit manchmal etwas verkohlten.

»Lasst man gut sein, eines Tages werdet ihr schon sehen, was an mir dran ist!«, war seine ständige Redensart bei solchen Gelegenheiten und damit setzte er sich dann meistens auf den Bettrand und nahm sich ein Buch vor, das er irgendwo aufgetrieben hatte.

Inzwischen war es Abend geworden, ohne dass sich etwas Besonderes ereignet hatte. Längst war die Kohlsuppe aufgegessen und auch Max hatte seine rechtmäßige Portion erhalten.

Auf dem kleinen, selbstgezimmerten Tisch des Unterstandes Zur schönen Aussicht standen nun zwei Handgranaten als Lichthalter, aus denen die Kerzen munter flackerten und dem Raum eine angenehme Wohnlichkeit gaben. In eine Ecke zurückgezogen saßen vier Mann und spielten einen tollen Skat, dass die Tischplatte nur so erzitterte.

Nur einer machte nicht mit – Horst Neumann. Kartenspielen hatte er nie gelernt und so hatte er sich stattdessen mit einem Blatt Papier und mit einem Bleistift bewaffnet, um einen Feldpostbrief an seinen Meister, den Dorfschmied in Ostpreußen, zu schreiben.

Gewiss, er hatte dort harte Lehrjahre durchmachen müssen, aber der alte, derbe Mann war jetzt doch der einzige, ihm nahestehende Mensch, den er auf dieser Welt noch hatte. Regelmäßig, alle 14 Tage, schickte der Meister ein kleines Feldpostpäckchen und Horst dankte ihm dafür mit ellenlangen Briefen. Es war ja die einzige Post, die er überhaupt bekam.

Doch heute wollte ihm der Brief so gar nicht recht von der Hand gehen.

Immer wieder schob sich das Erlebnis des Tages in seine Gedanken und dann hielt er in seinem Geschreibsel wieder inne und überlegte.

Der Vorwurf des langen Erwin, dass er zu spät mit dem Mittagessen gekommen sei, hatte ihn schwer getroffen und ließ ihm noch immer keine Ruhe. Dabei war er doch wirklich schuldlos und hatte sein Bestmögliches getan.

Ob er seinen Kameraden einmal erzählen sollte, was er unterwegs erlebt hatte? Vielleicht würde der lange Erwin dann keine Witze über ihn machen. Horst dachte noch einmal nach, wie es gewesen war …

Pünktlich zur gewohnten Stunde war er vom Bataillon mit dem Essen abmarschiert und hatte sich trotz des wilden Schneesturms beeilt, um rechtzeitig seinen Unterstand zu erreichen.

An dem Friedhof, der dort unten im Tal an der Wegkreuzung lag, hatte ihn dann der französische Mittagssegen erreicht. Fast eine Stunde lang hatte er in einem kleinen Granattrichter gelegen, während rund um ihn herum die Geschosse mit lautem Dröhnen krepiert waren. Gegen diese Stelle musste der Franzose irgendetwas haben, denn nicht zum ersten Mal waren die Kameraden an diesem Punkt erwischt worden; die Einschläge in der Friedhofsmauer ebenso wie die zahlreichen Blindgänger legten davon recht deutlich Zeugnis ab.

Horst Neumann entschloss sich, seinen Kameraden nichts davon zu erzählen. Wer weiß, vielleicht hätten sie gesagt, das sei alles nur Angabe. Also behielt er es für sich, steckte den Vorwurf stillschweigend ein und dachte: »Lasst man Kinder, vielleicht kommt auch noch einmal für mich der Tag …«

Fast eine Stunde lang herrschte jetzt draußen beängstigender Friede. Die Kanonenrohre hatten sich wieder in tiefstes Schweigen gehüllt und die Fünf aus dem Unterstand waren gerade dabei, dem Beispiel von Max zu folgen, der schon längst auf seinem Strohlager träumte.

Es mochte wohl gegen zehn Uhr sein, als draußen plötzlich die Hölle losbrach. Ein wahres Trommelfeuer der Artillerie hatte eingesetzt und unaufhörlich knatterten die Maschinengewehre. Das war ja nun eigentlich nichts Besonderes, denn so etwas passierte schon öfter mal. Die Fünf im Unterstand ließen sich ihre Ruhe auch nicht nehmen und hörten sich das Gewummere unbesorgt an.

Der Teufel mochte wissen, was dem Franzosen wieder über die Leber gelaufen war.

Mit einem Satz aber fuhr Fritz hoch.

»Kinder, unsere 10. Kompanie …«

Die Worte wirkten wie ein Alarm. In wenigen Augenblicken waren die fünf Landser förmlich in ihre Stiefel gesprungen, waren hinausgestürmt und standen nun wieder in dem Graben neben ihrem Unterstand. Ihre Blicke waren starr auf den wohl zwei Kilometer entfernten Waldrand gerichtet, der sich nur als Silhouette gegen den fahlen Himmel abhob.

Grell blitzte das Mündungsfeuer der französischen Artillerie auf, dumpf waren die Einschläge der krepierenden Granaten. Giftig mischte sich das tak-tak-tak der Maschinengewehre in das Getöse ein und das Krachen der Handgranaten erfüllte die Nacht. Keiner der Kameraden hatte bisher ein Wort gesagt, bis Fritz das Schweigen brach.

»Als ich vorgestern beim Bataillon war, da hörte ich es …, ich meine, die Sache mit der 10. Kompanie. Ich erzählte euch ja schon davon.«

Die Vier hörten gespannt zu, ohne aber auch nur einen Blick von dem Waldrand zu lassen.

»Also dort unten, seht ihr, wo die einzelne Baumgruppe steht, liegt ein kleines, französisches Haus. Ihr wisst ja, aus dieser

Richtung haben wir schon recht oft Feuer bekommen, und nun soll der Spähtrupp der 10. Kompanie heute mal feststellen, was dort eigentlich los ist. Aber anscheinend haben die jetzt ordentlich Zunder bekommen, denn dieser nächtliche Höllenlärm …

Verflucht, hört euch doch das nur an! – Die Franzosen schießen Sperrfeuer … Hoffentlich hauen sich unsere Jungens durch … Meine Herren, da unten ist jetzt dicke Luft … Warum funkt denn bloß unsere Artillerie nicht dazwischen!«

In erregter Spannung starrten die fünf Landser auf den Waldrand und das Herz eines jeden von ihnen war jetzt bei den Kameraden, die dort unten in schwerstem Kampf standen. Immer stärker schien das feindliche Feuer die Spähtruppmänner der 10. Kompanie einzudecken.

Etwas bitter klangen jetzt Friedrichs Worte: »Morgen wird der Heeresbericht wieder melden: Im Westen außer Artillerie- und Spähtrupptätigkeit keine besonderen Ereignisse. Ob sich die in der Heimat wohl davon eine richtige Vorstellung machen können? Ich glaube es nicht …«

Inzwischen war wirklich die Hölle ausgebrochen. Immer enger und verhängnisvoller wurde das Sperrfeuer der Franzosen und noch immer schwieg die deutsche Artillerie.

Aber da … endlich … ein paar farbige Leuchtkugeln flitzten über das nächtliche Vorfeld und erhellten es sekundenlang wie grelle Blitze bei einem Gewitter und wenige Augenblicke danach verdreifachte sich das Donnern der Artillerie. Durch die fünf Landser aber ging es wie ein Aufatmen und nun sagte auch der lange Erwin, der doch sonst immer mit seiner großen Klappe vorneweg war, zum ersten Mal nach Beginn des nächtlichen Feuerzaubers ein Wort. Es war wie eine Erlösung.

»Gott sei Dank! Unsere Artillerie!«

Ja, es war die deutsche Artillerie, die nach dem verabredeten Zeichen der Leuchtkugeln auf die Sekunde genau mit ihrem Feuer begann. Etwa drei Kilometer hinter der vordersten Linie hatte sich die deutsche Batterie aufgebaut und nun zischten und brodelten ihre Granaten über die Köpfe der Fünf vom Unterstand hinweg.

Aufgeregt beobachteten die Landser die Einschläge, die nicht weit hinter dem Waldrand liegen konnten.

Friedrich rieb sich die Hände und trampelte sich die Füße warm, die inzwischen langsam zum Eisklumpen erstarrt waren.

»Mensch, die Brocken sind richtig! Hört euch mal unsere Abschüsse an! Das bringt unseren Jungens da unten wieder Luft …«

»Das war aber auch allerhöchste Eisenbahn, mein Lieber!«, meinte Egon.

Und der lange Erwin zählte nun wieder, seelenruhig geworden, die Sekunden vom Abschuss bis zum Einschlag.

»Gleich wird's wieder bumsen! Eins … zwei … drei …!«

Richtig! Schon bei »vier« krepierten die deutschen Granaten mit donnerndem Krachen in den feindlichen Stellungen.

Immer neue Salven wurden abgefeuert, immer mehr verstärkte sich das Heulen in der Luft und immer schwächer wurde jetzt das Gegenfeuer des Franzmannes. Nur hin und wieder flackerte das Mündungsfeuer drüben noch auf und endlich, nach einer knappen Viertelstunde, stellte der Franzose sein Feuer ganz ein. Der Spähtrupp der 10. Kompanie war gerettet.

Auch die deutsche Batterie schwieg nun wieder, und eine fast unheimliche Stille lag über dem Kampffeld, als die fünf Landser in ihren Unterstand zurückkrochen.

»Ja, Männer, wo unsere Artillerie hinhaut, da wächst kein Gras mehr«, sagte der lange Erwin. »Ich glaube, die haben wieder mal ganze Arbeit geleistet.«

Egon, Fritz und Friedrich aber sagten nichts mehr. Sie lagen schon auf ihren Pritschen und hatten die Wolldecken bis über den Kopf gezogen. Bald lag auch der Erwin bei ihnen. Nur Horst Neumann schrieb noch seinen angefangenen Brief zu Ende, drückte dann als Letzter das Licht mit den Fingern aus und fiel auch in einen tiefen, traumlosen Schlaf.

*

Egon hatte die Stimme eines Löwen und so war es nicht weiter verwunderlich, dass das »Achtung!«, das er am nächsten Morgen in den kleinen Raum brüllte, den Unterstand fast erzittern ließ.

Man muss seinen Vorgesetzten anbrüllen, dass er vor Schreck umfällt, lautet eine alte Soldatenregel.

Nun, Leutnant Hermann, ein Zugführer der 9. Kompanie, zu der auch die Fünf vom Unterstand Zur schönen Aussicht gehörten, war gewiss kein Mann, der vor Schreck umfiel, aber auch ihm gefiel es, wenn seine Leute ihre volle Lautstärke aufdrehten.

So lächelte er also bei seinem Eintreten in den Unterstand und schlug dem langen Erwin gleich kameradschaftlich auf die Schulter.

»Na, Jungs, alles in Ordnung?«

Wie aus einem Munde kam die Antwort zurück und donnerte durch den Raum: »Jawohl, Herr Leutnant!«

»Gut, dann hört mal zu …«

Leutnant Hermann sah sich in dem Raum um, setzte sich dann auf eine Kiste und fing an: »Ihr seid doch nun auch schon einige Zeit hier und kennt sicherlich alle genau den Weg durch das Höllental, am alten Zollhaus vorbei, zu dem französischen Schuppen. Da muss nämlich heute Abend einer von euch beim Spähtrupp mitgehen.«

Das war wieder mal etwas und am liebsten wären alle Fünfe mitgegangen.

»Jawohl, Herr Leutnant, ich …«

Weiter kam Horst Neumann mit seinem etwas leisen, zurückhaltenden Tone nicht, denn der lange Erwin hatte ihn kraft seiner Größe und mit lauter Stimme etwas in den Hintergrund gedrückt und wandte sich nun selbst an den Offizier.

»Ich, Herr Leutnant, ich kenne den Weg ganz genau und ich habe mir das Gelände auch schon stundenlang durch das Scherenfernrohr beim vorgeschobenen Artilleriebeobachter angesehen. Ich kenne dort jeden Pfad, jedes Minenfeld, und ich weiß auch genau, welchen Rundgang nachts der französische Posten zu machen pflegt. Ich habe am nächsten Morgen deutlich die Spuren im Schnee gesehen.«

»Also schön, Hausmann …« So hieß der lange Erwin mit Nachnamen. »Sie melden sich dann um 20 Uhr beim Zuggefechtsstand am gelben Haus!«

Der Leutnant war gegangen, und wieder saßen die Fünf mit Max allein im Unterstand Am Abend sollte also die kleine Sache steigen. Der lange Erwin fuhrwerkte mit einem abgebrannten Streichholz auf der Landkarte herum, umlagert von seinen Kameraden, die sich auf seine breiten Schultern auflehnten. Nur Horst Neumann war mit sich und der Welt nicht so recht zufrieden.

»Warum konnte ich da nicht mitgehen?«, dachte er. Allzu gerne hätte er seinen Kameraden bewiesen, dass auch er ein tapferer deutscher Soldat war. Der lange Erwin aber hatte ihn einfach beiseitegeschoben. Ob er ihm etwa wegen seiner Verschlossenheit misstraute? Zweifelte er an seinem Mut und seiner Tapferkeit, nur weil er, Horst Neumann, so klein war?

Solche und ähnliche Gedanken schossen durch Horsts Hirn, während sich seine Kameraden über die Karte beugten. Er kam sich zurückgesetzt vor und nur die feste Gewissheit, dass auch die Stunde seiner Bewährung einmal schlagen werde, war ihm ein kleiner Trost.

Bald war die Mittagszeit herangenaht und heute war Friedrich an der Reihe, den nicht ganz ungefährlichen Weg zum Bataillon zu machen, um Verpflegung und Feldpost zu holen.

»Beeil' dich, mein Junge, und frag mal nach, wie es gestern Abend der 10. Kompanie ergangen ist!«

»Wird gemacht, Erwin.«

Mit diesen Worten trabte Friedrich von dannen, stiefelte durch den Schnee und schlich sich an den Straßenblenden vorbei bis zur nächsten Baumreihe, wo er so viel Schutz hatte, dass der Feind ihn nicht mehr beobachten konnte.

Aber auch der lange Erwin war davongezogen. Zwischen Steinbrüchen und durch dichtes Gestrüpp kletterte er in Richtung Stand des Artilleriebeobachters. Einsam und verlassen, schon ein gutes Stück vor den vordersten deutschen Stellungen, hatte dieser seine Stellung. Der kleine Unterstand war so gut getarnt, dass er auf 20 Schritt noch nicht zu erkennen war. Durch das Scherenfernrohr aber konnte man weit hineinsehen ins Feindesland, konnte das langgestreckte Tal und die dahinterliegenden Höhen mühelos beobachten.

Das erste, was Erwin aber heute bei seiner Ankunft entdeckte, war ein frisches, säuberlich gemaltes Plakat, das am Eingang zum Unterstand prangte.

»Benutzung des Scherenfernrohrs 50 Pfennige. Kinder und Militärs die Hälfte«, stand darauf.

Erwin lachte.

»Kinder, eure Sorgen möchte ich haben!«, sagte er dann zu dem Artilleriebeobachter, einem stämmigen Burschen. Der freute sich nicht wenig über die Wirkung seines Erzeugnisses.

»Na, Erwin, du hast ja hier schon Abonnement und weil heute außerdem noch Sonntag ist, will ich's bei dir schon mal für eine runde Juno machen.»

»Gut, geht in Ordnung«, lachte dieser. Eine Zigarette aus seinem Etui wanderte zwischen die Lippen des Kameraden. Erwin steckte sich ebenfalls einen Glimmstängel an, doch dann hielt er seine Augen ganz dicht ans Scherenfernrohr gepresst und ließ das Glas immer wieder über das alte Zollhaus zu dem französischen Schuppen gleiten.

Der Artilleriebeobachter fing schon an zu flachsen.

»Sag mal, du suchst wohl heute was Bestimmtes?«

»Ja«, antwortete Erwin und richtete sich auf. »Etwas sehr Bestimmtes sogar.«

Da … guck mal durch … du kennst ihn ja auch, den alten Schuppen da unten, direkt neben der einzelnen Baumgruppe … Siehst'e? – Den wollen wir heute Abend nämlich mal ein bisschen ausräuchern!«

Jetzt sah ihn auch der Beobachter. Ganz deutlich konnte man dort unten die französischen Posten und die übrigen Franzosen herumlaufen sehen.

»Na, wartet, Freundchen, heute Abend sehen wir uns wieder«, knurrte Erwin. »Aus diesem verfluchten Schuppen werdet ihr zum letzten Mal unsere Melder und Essenholer bepflastert haben!«

Damit verabschiedete er sich wieder von dem Kameraden, der ihm noch ein herzliches »Hals- und Beinbruch« nachrief, und bald war er wieder am Unterstand Zur schönen Aussicht angelangt.

Auch Friedrich war um diese Zeit gerade mit der Feldpost und der Verpflegung eingetroffen.

»Ich hab's ja immer gesagt, ihr müsst nur den richtigen Mann zum Essenholen schicken. Ratet mal, was ich euch hier mitgebracht habe!«

Alle Mann, einschließlich Max, schlichen um den Kübel herum und schnupperten.

»Könnten Linsen mit Speck sein! – Oder vielleicht gar Sauerkraut.«

Friedrich machte ein verächtliches Gesicht.

»Habt ihr denn nicht mal Geruchssinn? – Schweinebraten gibt es! Und dazu für jeden ein großes Stück Gurke!«

Tatsächlich, es gab Schweinebraten! Hurra!

Der Schmor hatte sich wirklich angestrengt, denn es schmeckte vorzüglich. Selbst Max war über die kleinen Knochen, die für ihn abfielen, sichtlich erfreut.

»Übrigens, was die 10. Kompanie betrifft …«

Die Kameraden im Unterstand horchten auf, als Friedrich anfing zu erzählen.

»Ja, also, da ist ja nun, Gott sei Dank, alles wieder gut gegangen. Ich traf beim Bataillon gerade mit dem Melder der 10. Kompanie zusammen. Muss ja ein toller Zauber gewesen sein. Denkt euch mal, zwei Franzosen haben sie mitgebracht. Aber Zunder haben sie bekommen … Na, Leute, das war schon nicht mehr feierlich. Erst im letzten Augenblick, als es unseren Männern schon verdammt heiß unter den Fußsohlen wurde, funkte unsere Artillerie dazwischen. Aber jeder Schuss saß, denn der Franzose bekam bald die Schnauze voll und hörte mit dem blödsinnigen Feuer auf.

Da konnten sich dann endlich unsere Leute mit ihren zwei Gefangenen nach Hause schleichen, wenn sie auch noch öfters ein kleines »Flachrennen« auf dem Bauche machen mussten!«

Mit großer Freude wurde Friedrichs Bericht aufgenommen. Keinen Mann Verlust hatte die 10. Kompanie erlitten und das Unternehmen war hundertprozentig geglückt. Ob es heute Abend auch so klappen würde, wo einer von den Fünfen dabei sein sollte?

»So, Erwin, jetzt haust du dich aber noch für ein paar Stunden hin, damit du auch abends munter bist!«

Die vier Kameraden wussten, dass ein Spähtrupp kein Spaziergang war, aber Erwin, der ja wie eine Katze pennen konnte, dachte auch gar nicht daran zu widersprechen. Heute war er sogar vom Abwaschen des Geschirrs befreit, und so schnarchte er auch bald, dass man meinen konnte, er sei beim Absägen eines Eichbaumes auf einen knorrigen Ast gestoßen.

*

Inzwischen hatte sich der Abend über das schneebedeckte Vorfeld des Westens gelegt. Eine drückende Stille lag über dem ganzen Kampfgebiet, und von dem kleinen neutralen Ländchen, das drüben, jenseits des Flusses, nur wenige Kilometer von dem Unterstand Zur schönen Aussicht lag, läuteten die Kirchenglocken ihr gleichmäßiges Bim-Bam in den sonntäglichen Abend.

Ein feierlicher, aber dennoch unheimlicher Friede lag über der Front.

Um 19 Uhr hatten die Kameraden Erwin geweckt. Es war nicht leicht gewesen. Mit lautem Gähnen hatte er sich lange gereckt, doch nun war er endlich hellwach, hatte sein weißes Schneehemd übergezogen, steckte sich die Handgranaten hinters Koppel und verstaute zwei Armeepistolen mit vollen Magazinen in seinen Stiefeln. Mit einem kräftigen Händedruck wurde er dann von seinen Kameraden verabschiedet.

»Mach's gut, alter Knabe, und vergiss nicht das Wiederkommen!«

109

Noch einmal bekam er einen kräftigen Schlag auf die Schultern, und dann zog er los in Richtung Zuggefechtsstand. Ein nicht gerade sehr leichtes Unternehmen lag vor ihm, aber Mut und Zuversicht erfüllten sein Herz.

*

An diesem Abend saßen in dem Unterstand Zur schönen Aussicht die vier deutschen Soldaten ohne ihren Erwin noch lange wach und hielten ein kleines Plauderstündchen ab. Die Kerzen erleuchteten nur recht matt die vier Wände, an denen kleine Bildchen und Granatsplitter als Andenken hingen, und unentwegt bullerte der kleine Kanonenofen. Die Männer aber sprachen vom Polenfeldzug, sprachen von kleinen Erlebnissen, die sie bei Spähtruppunternehmen im Westen gehabt hatten, manchmal sprach auch einer von der Heimat. Sie kannten zwar ihre gegenseitigen Erlebnisse fast schon auswendig, aber dennoch wurden sie immer wieder erzählt und die anderen hörten immer aufs Neue gespannt und interessiert zu.

Ja, sie hatten wirklich schon so manche verrückte Tour hinter sich. Manchmal war es gerade noch einmal gut gegangen, denn oft hatte ihnen der Teufel verdammt im Genick gesessen. Aber dafür waren auch einige recht erheiternde Erlebnisse dabei gewesen.

»Wisst ihr noch …?«

»Wisst ihr noch unseren Fünf-Uhr-Tee damals beim Franzmann …?«

»Wisst ihr noch die Sache damals mit dem Rehbock …?«

So suchte einer beim anderen die Erinnerung an die erlebten Abenteuer aufzufrischen.

Für Fritz war die Geschichte mit dem Rehbock sogar neu. Er war damals gerade auf Urlaub gewesen. So steckte sich Friedrich also seinen Zigarrenstummel an und fing an zu erzählen.

»Mensch, das war ein toller Marsch damals. Zappenduster war die Nacht, über Stock und Stein ging's, durch Gräben und über

110

Stacheldrahtverhaue. Das tiefe Gestrüpp des kleinen Wäldchens war fast undurchdringlich.

Jeden Augenblick konnten wir Feindberührung haben. Plötzlich hören wir vor uns verdächtige Geräusche … Alles haut sich hin und nimmt Deckung.

Einer fragt nach dem Kennwort … Nichts rührt sich … Noch einmal fragen wir nach dem Kennwort, dann ein drittes Mal. Wieder keine Antwort, aber stattdessen ein erneutes Knacken. Nun, das war für uns zu viel. Langsam nehmen wir Druckpunkt … zwei, drei Schüsse krachen durch die Nacht …

Dann arbeiteten wir uns, auf dem Bauche kriechend, langsam vor, und was finden wir? Einen feisten Rehbock, tot, alle Viere von sich gestreckt und mit zwei prächtigen Kernschüssen zur Strecke gebracht. Was es an den nächstfolgenden Tagen bei uns zu Mittag gab, kannst du dir ja wohl denken. Rehbraten à la Westfront! Mensch, haben wir da reingehauen …!«

»Das kann ich mir vorstellen«, sagte Fritz lachend. »Das arme Tier.«

»Wieso armes Tier?! Der Rehbock ist ja selber schuld gewesen! Warum hat er denn nicht das Kennwort gewusst!«

Kräftig stimmten die Kameraden jetzt in Fritz' Lachen ein. Und dann war Egon mit einer Geschichte an der Reihe, die er noch beim III. Bataillon erlebt hatte.

»Ich komme gerade darauf, weil es eine ähnliche Sache wie die mit dem Rehbock war. Wir lagen damals in einem kleinen französischen Schloss nahe der Grenze. Eines Nachts tigerten wir los in Richtung Franzmann. Alles war mäuschenstill, und wir hatten unsere Ohren mächtig gespitzt, denn in dem Dorf vor uns hatten wir gestern noch einige Franzmänner gesehen. Unsere Aufgabe war es nun zu untersuchen, ob und wie weit das Dorf noch vom Feind besetzt war. Endlich kamen wir an. In den ersten Häusern war alles wie ausgestorben. Inzwischen hatte leichte Artillerietätigkeit eingesetzt, aber die Granaten gingen zu unserer Beruhigung weit weg in den anderen Abschnitt hinein. Mit einem Mal stieß mich der Gefreite mit der Maschinenpistole an: ›Pst! Da drüben …!‹ Tatsächlich, da drüben am Haus hatte sich was bewegt. Finger am Abzug, schlichen wir uns vorsichtig an das kleine Gebäude heran … Wieder hören wir das verdächtige Geräusch! Da brüllen wir den Feind an, aber statt des erwarteten ›Ne tirez pas!‹ kam uns nur ein munteres Grunzen entgegen …«

»Ein Schwein also?«

»Nein, zweie gleich! Wir haben sie natürlich sofort zu unseren Gefangenen erklärt. Leider blieben sie unsere einzigen, denn vom Feind war keine Spur mehr zu entdecken.«

»Und was habt ihr mit den Viechern gemacht?«

»Mensch, zwei schöne, fette Säue waren es! Die eine lag schon am übernächsten Tag in unseren Erbsen. Die andere aber ließen wir zur Zucht. Sie war nämlich tragend und bereits wenige Tage später hatte sie sich auch richtig multipliziert. Acht muntere Ferkel tollten lustig um sie herum. Nun wurde die ganze Familie von uns mit Futter versorgt, und als dann die Sau ihre Schuldigkeit getan hatte, wanderte sie ebenfalls in den Kochtopf.«

»Und die Ferkel?«

»… folgten einige Wochen später dem von ihrer Mutter vorgezeichneten Wege!«

»Ein Mordsschwein habt ihr immer bei euren Unternehmungen gehabt«, ließ sich setzt auch Horst Neumann vernehmen. »Wenn ich dagegen an meine Sache mit dem Bierfass denke …«

»Was für ein Bierfass?«, fragte Egon.

»Was? Die Geschichte kennst du nicht?«, lachte Friedrich auf.

»Na, dann lass sie dir mal von Horst erzählen. Sie ist übrigens typisch für ihn und sein ewiges Pech. – Los, Horst, berichte von deiner Schmach.«

Und Horst erzählte …

»Ja, das war wohl damals wirklich Pech. Um das kleine Kirchdorf dort unten im Tal handelte es sich. Eines Abends zockelte ich allein vom Unterstand los. Irgendetwas wollte ich dort unten auftreiben. Alle anderen Kameraden hatten schon etwas von dort unten heraufgebracht, nur ich war bisher immer mit leeren Händen zurückgekommen. Das Dorf war damals gänzlich verlassen, der französische Posten hatte sich ebenfalls dünnegemacht, und die wenigen Häuser waren fast alle zerstört. Nur von dem Café Balois standen noch ein paar Grundmauern. Ich also dort rein in den Keller, und was finde ich da? Ein richtiges, volles und unversehrtes Bierfass! Meine Freude könnt ihr euch ja vorstellen. Leider war jedoch das Bier restlos gefroren und bildete einen einzigen Eisklumpen. Ach, das macht nichts, denke ich, im Unterstand wird es schon langsam auftauen. Ich nahm also das Fass auf den Buckel und los. Kinder, was habe ich geastet! Den ganzen langen Berg hinauf! Der Schweiß lief mir nur so in Strömen herunter, aber ich gab nicht nach, denn einmal wollte auch ich den Kameraden etwas mitbringen …«

»Na und? Zum Schluss hast du es fallen lassen, oder?«

»Nein, warte es doch ab … Also endlich nach stundenlanger Plackerei kam ich auch glücklich mit meiner Beute im Unterstand an. Das Hallo von den Kameraden hättet ihr hören müssen! Ein ganzes Fass Bier! Jeder wollte natürlich sofort mal probieren, und so hackten wir denn alle zunächst einmal einige Stücke von dem gefrorenen Bier heraus und tauten es im Feldbecher auf. Und dann kam die große Enttäuschung …«

»Es schmeckte nicht …?«

»Ach was! Es war überhaupt kein Bier! Wasser war es, reines, klares Wasser! Und deswegen hatte ich mich stundenlang mit dem verfluchten Fass abgequält. Stellt euch meine Blamage vor …«

Egon, der die Geschichte noch nicht gekannt hatte, hielt sich die Seiten vor Lachen.

»Mensch, das sieht dir aber wieder mal ähnlich, Horst!«

Doch Friedrich hielt diesmal Horst die Stange.

»Wieso? Horst war doch nicht schuld daran! Die Franzosen waren es! Die kämpfen eben mit allen Mitteln!«

So lachten, scherzten und erzählten sich die vier Kameraden ihre kleinen Erlebnisse, bis die alte, schon reichlich baufällige Kuckucksuhr im Unterstand acht Uhr schlug. Das heißt, von Schlagen war eigentlich keine Rede, denn der Ton, den sie von sich gab, glich mehr einem Ächzen und Stöhnen. Außerdem war es, wenn sie achtmal schlug, gerade ungefähr halb zehn.

»Was unser Erwin wohl jetzt macht?«, fragte da Fritz.

»Wahrscheinlich wird er wohl gerade irgendwo vor dem französischen Schuppen auf dem Bauch liegen, denn bald muss doch der Feuerzauber losgehen.«

»Hoffentlich kommt er uns heil zurück«, meinte Egon.

So kreisten die Gedanken der Vier noch eine Weile um ihren abwesenden Kameraden, der draußen zum Einsatz bereitstand. Ein jeder von ihnen hielt ihm die Daumen, und dann hauten sich die Vier in ihre Betten.

*

Pünktlich um 20 Uhr war der lange Erwin beim Zuggefechtsstand am gelben Haus angekommen und hatte sich bei Leutnant Hermann gemeldet. Jetzt standen die sieben Soldaten einsatzbereit da und beugten sich noch einmal im Schein der Petroleumlampe über die Karte, während Leutnant Hermann die Lage erklärte.

»Ist also alles klar! Sie, Linden, Sie bleiben mit Ihrem MG als Sicherung in der kleinen Mulde kurz hinter dem französischen Stacheldrahtverhau liegen.

Unsere Artillerie ist verständigt und unsere Nachbarkompanien wissen ebenfalls Bescheid. Noch eine Frage? Nicht? Gut, dann los, Jungs. – Ich glaube, ich kann mich auf euch alle verlassen und wenn jeder von uns seine Pflicht tut, dann werden wir es auch wieder einmal schaffen.«

Der Augenblick des Aufbruchs war gekommen. Die Spähtruppmänner überprüften kurz ihre Waffen. Pistolen und Karabiner wurden entsichert und dann zogen sie los in die dunkle Nacht hinaus. Die Handgranaten steckten hinterm Koppel, die Pistolen im Stiefelschaft und unbeugsame Zuversicht und Entschlossenheit erfüllte ihre Herzen.

114

Der lange Erwin als Ortskundiger für Geländeangelegenheiten vorneweg, so schlängelte sich der deutsche Spähtrupp den Hügel hinunter in Richtung Feind, vorbei an einsamen Grenzsteinen, vorbei an Zollschranken, die selbst nicht mehr zu wissen schienen, warum sie hier eigentlich noch standen.

An dem grauen Gebäude, das unten am Fluss lag, hielt Leutnant Hermann noch einmal kurz inne, flüsterte zum Dachlukenfenster das Kennwort hinauf und sprach einige Worte mit dem vordersten deutschen MG-Posten.

»Nun, Scholz, haben Sie noch etwas Besonderes beobachtet?«

»Nein, Herr Leutnant, den ganzen Abend über war alles ruhig. Nur vor etwa einer halben Stunde kamen von der Waldspitze dumpfe Hammerschläge. Das hörte sich so an, als ob dort dicke Holzpfähle in die Erde eingerammt wurden.«

»Gib weiter gut acht«, sagte Leutnant Hermann zum Schluss und marschierte dann mit seinen Männern unerschrocken dem Ziele entgegen.

Zunächst ging alles gut. Weit und breit regte sich nichts, und nur das Rauschen des Flusses unterbrach in eintöniger Gleichmäßigkeit die Stille.

Jetzt standen die deutschen Spähtruppmänner dicht vor ihrem Ziel. In etwa 50 Meter Entfernung vor ihnen erhob sich der französische Schuppen wie ein großer schwarzer Klotz. Ob sich der Feind hier wohl mit einer stärkeren Einheit festgesetzt hatte?

Dieses zu erkunden, war die Aufgabe des Spähtrupps.

Auf dem Bauche kriechend, arbeiteten sich die deutschen Soldaten einzeln vor bis zu dem Gebäude, das in eine geradezu unheimliche Stille gehüllt war. Die ersten, unter ihnen auch Leutnant Hermann und der lange Erwin, lagen jetzt unmittelbar vor dem Schuppen. Trockenes Geäst, das wahrscheinlich ganz bewusst hierhergelegt worden war, um jeden Eindringling sofort zu verraten, knackte unter ihren Füßen, und fast zur gleichen Zeit bemerkten sie auch durch einen kleinen Spalt an der Schuppentür einen matten Lichtschimmer.

Es blieb keine Zeit zum Überlegen, denn im selben Augenblick donnerte ihnen auch schon die langgezogene, nasale Stimme des französischen Postens entgegen.

»Qui est là?«

Prompt wurde diese Frage von dem Spähtrupp beantwortet und ein halbes Dutzend Handgranaten polterten gegen die Eingangstür des Schuppens. Ein kleines Handgemenge entstand. Handgranaten zerkrachten mit lautem Getöse, MG und Maschinenpistolen ratterten durch die Dunkelheit. Obwohl kaum noch etwas zu erkennen war, nahm das Feuer von Minute zu Minute auf beiden Seiten erheblich zu. Einige Kugeln der Leuchtspurmunition waren durch die Holzwände des Schuppens gegangen, und nun züngelte eine kleine Flamme in die dunkle Nacht, die sich blitzartig weiter fraß und in wenigen Augenblicken das ganze Gebäude erfasst hatte. Hell loderten die Lohen zum Himmel, und als Silhouette huschten die flüchtenden Franzosen hin und her.

War auch das Feuer aus dem Schuppen inzwischen verstummt, so schickten die feindlichen Maschinengewehre, die in der Nähe als Sicherung gelegen hatten, jedoch weiterhin ihr todbringendes tak-tak-tak durch die Dunkelheit. Nun setzte auch die französische Artillerie mit einem ganz beachtlichen Sperrfeuer ein, und der deutsche Spähtrupp hatte Mühe, sich wieder zurückzuziehen. Erschwerend hinzu kam die verräterische Helle des Feuerscheins, die das Gelände in großem Umkreis beleuchtete.

Spähtrupps haben keinen Kampfauftrag, denn ihre Aufgabe ist es, ausschließlich zu erkunden und sich zu wehren, falls überraschend das Feuer auf sie eröffnet wird. Deshalb zog sich der Spähtrupp Hermann, so gut es eben jedem gelang, zurück, um das französische Sperrfeuer zu durchbrechen.

Am alten Zollhaus kamen die Soldaten wieder zusammen. Leutnant Hermann hatte einen Streifschuss an der linken Hand bekommen und ließ sich die Wunde notdürftig mit einem Taschentuch verbinden. Im Übrigen waren die Spähtruppmänner alle mit heiler Haut davongekommen. Nur einer von ihnen fehlte: der lange Erwin.

Wohl eine Stunde lang mochten sie an dem alten Zollhaus gestanden haben, blickten hinüber nach den Trümmern des nur noch glimmenden französischen Schuppens, gingen in Deckung vor den krachend einschlagenden Granaten.

Vom langen Erwin aber war keine Spur zu finden …

*

Über dem Unterstand Zur schönen Aussicht lag am nächsten Morgen eine bedrückende Stille. Der Stubendienst war gemacht, und in dem kleinen Kanonenofen bullerten lustig die Holzstücke.

»Eigentlich hätte der lange Erwin doch schon längst wieder hier sein müssen!«

Friedrich sprach aus, was sich seine Kameraden längst gedacht hatten. Wo blieb nur Erwin? Es war doch merkwürdig, dass er gar nicht wiederkam.

Sollte er etwa im Zuggefechtsstand übernachtet haben?

»Ich muss ja sowieso mal rüber, um das Kennwort für heute zu holen.«

Fritz, der von allen am unruhigsten war, schnallte sich das Koppel um, zog sich das weiße Schneehemd über und trollte sich. Wie ein Beduinenscheich geisterte er über das weite schneebedeckte Feld, stapfte durch die schmalen Pfade zwischen den Minenfeldern und schlich sich im Schutze einer Weißdornhecke entlang bis zum Zuggefechtsstand.

Vor dem Gelben Haus stand gerade Hans Geissmann, summte das Lied von der Reeperbahn und war krampfhaft damit beschäftigt, seine Kommissstiefel zu putzen.

»Da kannst'e wienern, bis du schwarz wirst! Diese verfluchten Stiefel …«

»Deine Stiefel interessieren mich jetzt nicht«, unterbrach ihn Fritz. »Ist der lange Erwin noch bei euch?«

»Der lange Erwin …?«

Hans Geissmann stellte seine Stiefel beiseite und zupfte etwas verlegen an seiner grauen Strickweste.

»Nein, der ist …«

»Ist nicht hier? Ist nicht zurückgekommen?«

Hans Geissmann schüttelte den Kopf.

»Nein, der lange Erwin ist anscheinend gestern Abend verschütt gegangen. Alle sind sie wieder hier, aber der lange Erwin …«

»Ist er gefallen oder in Gefangenschaft geraten?«

»Ja, Mensch, das wissen wir leider auch nicht. Jedenfalls ist er gestern Abend in der Dunkelheit irgendwo verschütt gegangen.«

Himmel noch mal, der Erwin wurde vermisst!

Fritz holte sich nur schnell noch das Kennwort, und dann stürmte er im Dauerlauf zu seinem Unterstand zurück ohne Rücksicht auf den französischen Mittagssegen, der gerade einsetzte.

»Kinder, der lange Erwin …«

Die Kameraden des Unterstandes überschütteten Fritz mit Fragen.

»Was ist denn? Ist ihm etwas passiert? Gefallen?«

»Das ist es ja eben! Man weiß es nicht. Er ist nirgendwo zu finden. Verschütt ist er gegangen. Seit gestern Abend wird er schon vermisst!«

Die Bestürzung war groß. Noch konnten es die drei Feldgrauen gar nicht so recht fassen.

»Ausgerechnet der lange Erwin? Das ist doch nicht möglich …«

Doch Fritz hatte nur ein Achselzucken als Antwort.

*

Das war natürlich ein recht trauriger Abend, der nun folgte. Horst Neumann, Friedrich, Egon und Fritz beschäftigten sich mit ihrer Post und lasen die Feldzeitung der Moselarmee. Keiner von ihnen mochte recht ein Wort sagen, denn der fünfte Stuhl, der jetzt herrenlos am Tisch stand, bedrückte sie alle schwer. Jeder tat so, als sei er restlos mit sich selbst beschäftigt, während die Gedanken aller sich in Wirklichkeit nur mit dem einen Thema beschäftigten: Wie steht es um den langen Erwin?

Wieder schlug die alte Kuckucksuhr. Neun Schläge, also war es halb elf.

Aber kaum war der letzte Schlag verklungen, da riss jemand mit einer Selbstverständlichkeit, als sei er hier zu Hause, die Tür zum Unterstand auf. Den vier Soldaten blieb buchstäblich die Spucke weg, denn der Landser, der da eben so kühn hereinpolterte, war nämlich niemand anders als der lange Erwin!

Donnerwetter, der Erwin!

Die Kameraden umringten ihn, aber der freudige Schreck hatte ihnen allen die Sprache verschlagen.

Friedrich war der erste, der ein Wort fand.

»Mensch, altes Haus, du fällst wohl direkt vom Himmel! Was haben sie mit dir nur gemacht?«

Der lange Erwin konnte aber ebenfalls noch nichts sagen. Er stand nur in seiner vollen Größe da, umringt von seinen Kameraden, die sich gegenseitig darin überboten, ihrem schon für vermisst gehaltenen Freunde etwas Gutes zu tun.

»Mensch, du hast doch sicher Hunger. Warte, ich mache dir schnell ein paar Stullen!«

»Komm her, ich zieh dir erst mal die Stiefel aus! Junge, was hast du für Eisbeine …«

»Ein Schluck Tee, Erwin?«

So hätten die Kameraden ihren langen Erwin vor Freude fast zerrissen. Aber als er nun wieder mitten unter ihnen saß, wohlig ausgestreckt über zwei Schemel, die Füße dicht am kleinen Kanonenofen, da musste er erzählen …

»Ja, Männer, das ist schon einen guten Schluck wert«, meinte er und strich sich mit der Hand über das struppige Kinn. »Langt doch mal in meinen Brotbeutel, da ist aus dem letzten Feldpostpäckchen noch eine kleine Flasche mit Rum drin. Ich denke, ein steifer Grog wird auch euch guttun.«

Im Unterstand war es recht lebendig geworden. Einer suchte die Gläser, ein anderer setzte im verbeulten Kochtopf das Wasser auf den Ofen, der dritte suchte den Zucker hervor.

»Ja«, begann dann Erwin, »das ist eigentlich eine kurze und einfache Geschichte. Mit der verdammten Schießerei hatten sie mich gestern Abend umzingelt, so dass ich mich wie eine Maus verkriechen musste. Dann entwischte ich ihnen, und jetzt bin ich wieder hier. Das ist ja nun alles!«

»Hört sich ja ganz schön an«, meinte Friedrich, »aber so billig kommst du nicht weg. Die Sache musst du uns doch schon etwas genauer erzählen!«

So holte der Erwin also tief Luft und dann begann er: »Also die ganze Geschichte kam so: Nachdem wir den ganzen Laden in die Luft gejagt hatten, ging ein schauderhaftes Geschieße los. Wahrscheinlich hatte man uns die Sache mit dem Schuppen doch etwas übelgenommen. Während die anderen Kumpels aber sich nun so langsam wieder verflüchtigten, schlich ich noch einmal um den Schuppen und fand eine französische Maschinenpistole, die von den Franzmännern bei ihrer überhasteten Flucht liegengelassen worden war. Als ich mich aber nun auch dünn machen wollte, da war es bereits zu spät. Von allen Seiten bekam ich Feuer. Ich hatte mir doch richtig den Rückweg vermauert. Also blieb nur noch die eine Möglichkeit, bis an den Waldrand zu kriechen und mich dort zu verstecken. Den ganzen Tag über saß ich in einem Loch, denn es war ja schließlich nicht ratsam, sich von den Brüdern erwischen zu lassen. Am Abend, als die Luft dann wieder rein war, machte ich mich auf den Weg und kam ohne weitere Hindernisse zum Zuggefechtsstand. Dort habe ich mich dann vorschriftsmäßig zurückgemeldet, gab die erbeutete Maschinenpistole ab und machte, dass ich nach Hause kam. Ja, und nun habe ich mein Zuhause wiedergefunden und ich kann sagen, ich fühle mich wieder sauwohl bei euch.«

Die Kameraden hatten gespannt zugehört. Das war also das Abenteuer ihres Erwins.

»Prost, alter Junge, auf das frohe Wiedersehen! Nun aber marsch in die Falle mit dir, denn morgen früh ist die Nacht zu Ende, und gestern war's ja wohl nichts mit Bettchen und so.«

Erwin hatte auch gar nichts dagegen. Er war hundemüde. Der Grog war inzwischen auch alle. Schnell hüpfte er in die Falle, und so vereinte die Nacht die fünf Kameraden wieder in friedlichem, harmonischem Schlummer.

*

Tage waren vergangen. Der klirrende Frost war gewichen, und die wärmenden Strahlen der Sonne hatten den Schnee zum Tauen gebracht. Leise murmelnd rieselten Rinnsale von den Bergen, vereinigten sich unten im Tal zu gurgelnden Bächlein, die sich, Schnee und kleine Äste mitreißend, rauschend in den Fluss ergossen. An verschiedenen Stellen kam bereits die rote lehmige Erde zum Vorschein, die sich, zu großen Klumpen zusammengeballt, schwer an die Stiefel der Soldaten hing.

Wieder einmal waren die Fünf vom Unterstand Zur schönen Aussicht unterwegs nach dem Zuggefechtsstand. Der Berg im Feindesland, der weithin sichtbar in das Gelände ragte, meldete sich mit vier dumpfen Abschüssen.

Egon zählte:

»21, 22, 23 …«

»Brrr, brrr, brrr«, zischte es über ihre Köpfe hinweg, so dass sie alle unwillkürlich das Genick einzogen und sich duckten. Kurz hintereinander landeten vier Einschläge drüben am Pferdeberg. Kurz danach grollten wieder vier Abschüsse.

»Dasselbe noch einmal«, sagte Friedrich und zog vorsichtshalber schon jetzt den Kopf ein. »Der Teufel mag wissen, wo die wieder hingehen sollen!«

Er hatte recht.

Die Einschläge waren verdammt nahegerückt und lagen nur noch etwa 200 Meter von den Fünfen entfernt. Bei der dritten Lage hörte das Zischen der Geschosse sogar beängstigend schnell auf. Das hieß also, dass die verflixten Granaten im nächsten Umkreis krepieren mussten. Wie auf Kommando lagen jetzt alle Fünf auf dem Bauch und drückten sich, so gut es ging, an den Erdboden.

121

»Ratsch!« Sie hatten nicht umsonst Deckung gesucht, denn vielleicht nur 50 Meter von ihnen entfernt, zerkrachten die 10,5er.

Fritz aber hatte sich nicht erschüttern lassen, hob vorsichtig seinen Kopf hoch und fluchte zum Steinerweichen.

»Die Kerls werden noch so lange schießen, bis mal was passiert …«

So ernst die Situation auch war, die Kameraden mussten lachen. Das passende Wort im richtigen Augenblick, hatte wieder einmal die Situation gerettet.

Bald hörte auch die Schießerei auf und die fünf Feldgrauen konnten unbehelligt weiter bis zum gelben Haus vorgehen.

Hier war Leutnant Hermann mit seiner Hand inzwischen wieder soweit hergestellt, dass er unbehindert seinen Dienst versehen konnte. Nur eine kleine Narbe erinnerte noch an das letzte Spähtruppunternehmen.

In dem kleinen Kellerraum, der nur sehr matt von einer Petroleumlampe erhellt wurde, scharten sich jetzt elf deutsche Soldaten um den Leutnant.

»Also, Kameraden, morgen Abend ist wieder mal eine kleine Sache fällig. Es geht um das Blockhaus B, das dort oben neben der Obstplantage steht. Das muss jetzt endlich in die Luft fliegen, denn von da aus hat der Franzose einen ausgezeichneten Überblick über unser Höllental. Schon seit Tagen ist keiner unserer Melder oder Essenträger mehr sicher, wenn er durch das Tal geht.

Dauernd werden sie beschossen, und da gibt es nur die eine Möglichkeit, dass der feindliche Beobachter in diesem Blockhaus sitzt. Wir müssen also da unten unbedingt mal nach dem Rechten sehen, und unsere Pioniere, die wir mitnehmen, sollen ganze Arbeit leisten.«

So umriss der Offizier das geplante Unternehmen. Aber die eigentliche Besprechung dauerte noch über eine Stunde. Bis ins Kleinste wurde jede Möglichkeit erwogen und durchgesprochen. Auch die Artillerie war wieder unterrichtet worden, um gegebenenfalls auf ein verabredetes Zeichen Sperrfeuer zu schießen.

Leutnant Hermann hatte mit ernstem Gesicht die Karte zur Hand genommen und alles noch einmal wiederholt.

»Also, klar, Jungs, morgen Abend um neun an der Ziegelei! Schlaft euch inzwischen gut aus und seid mir dann in alter Frische pünktlich zur Stelle!«

Gerade waren die elf Landser dabei, den Zuggefechtsstand wieder zu verlassen und in ihre Unterstände zu gehen, da rief der Leutnant Horst Neumann noch einmal zurück.

Mit einem kurzen »Jawohl, Herr Leutnant« hatte dieser kehrtgemacht und stand nun seinem Zugführer gegenüber, während die anderen auf ihn warteten.

»Neumann«, sagte Leutnant Hermann, »Sie möchte ich noch einmal alleine sprechen. Hier liegt nämlich ein Schreiben vor, dass Sie reklamiert werden sollen … Bitte setzen Sie sich doch.«

»Was? Ich soll reklamiert werden?«, fragte Horst ganz verdattert.

»Ja«, sagte der Leutnant, »Ihr alter Schmiedemeister scheint recht krank zu sein, und nun sollen Sie den Laden da oben in der ostpreußischen Dorfschmiede schmeißen. Ich weiß zwar vom Polenfeldzug her, dass Sie ein guter Soldat sind, aber ich habe das Gesuch trotzdem befürwortet. Die Sache geht also in Ordnung. Sie werden nun morgen Abend zum letzten Mal mit uns in den Kampf ziehen. Halten Sie sich tapfer, Neumann. Und für die Heimat wünsche ich Ihnen dann alles Gute!«

Ein kameradschaftlicher Händedruck folgte, dann war Horst entlassen. Ganz verstört stand er draußen bei seinen Kameraden. Er konnte es noch immer nicht begreifen.

»Sie wollen mich in die Heimat abschieben … Ist denn das möglich? War ich denn kein guter Soldat? Was habe ich denn verbrochen?«

Fritz tröstete ihn.

»Mensch, quatsch doch nicht so'n blödes Zeug zusammen! Du wirst eben in der Heimat gebraucht. Auch dort gibt es ebenso wichtige Aufgaben zu erfüllen.«

Nur der lange Erwin konnte sich nicht ganz einer kleinen Stichelei enthalten.

»Na, Neumann, dann halt dich man morgen beim Spähtrupp tüchtig ran. Du wolltest uns doch immer noch mal zeigen, was an dir dran ist, nicht wahr? Morgen ist also deine letzte Gelegenheit!«

Er lachte. Horst Neumann aber biss die Zähne zusammen und sagte kein Wort.

Es wurde ihm furchtbar schwer, von den Kameraden fortzugehen, mit denen er schon im Polenfeldzug so manchen schweren Kampf gemeinsam erlebt hatte.

Erwin hatte recht, bisher hatte er sich noch niemals richtig auszeichnen können, immer hatte ein bisschen Pech an ihm geklebt. Aber morgen … Dieser Gedanke war für Horst Neumann trotz seines Kummers eine kleine innere Beruhigung. Am letzten Tage, den er mit seinen vier Kameraden zusammen sein durfte, hatte auch er noch einmal einen Kampfauftrag und genauso wie sie sollte auch er an einem Unternehmen beteiligt sein.

Da sollten sie endlich sehen, dass doch etwas an ihm dran war!

*

Der nächste Tag brach an. Wieder war es ein Sonntag, wieder läuteten über das noch teilweise mit Schnee bedeckte Vorfeld der Westfront die Glocken von dem kleinen neutralen Ländchen herüber. Wieder lag ein stiller, fast bedrückender Friede über dem Kampfgebiet. Horst Neumann hatte mit etwas gemischten Gefühlen seine Sachen bereits soweit zusammengepackt, wie es ging, und war gar nicht guter Dinge.

Morgen früh also sollte er seine Kameraden verlassen, sollte nicht mehr teilnehmen an dem großen Geschehen, sollte wieder hinter dem Amboss stehen und den Pferden des Dorfes die Eisen unter die Hufe schlagen …

Der Tag verging ohne besondere Ereignisse, und stockfinster brach die Nacht herein. Man konnte nicht die Hand vor den

Augen sehen, und der Mond hatte sich noch hinter einer dicken Wolkendecke versteckt.

Schweigsam war der deutsche Spähtrupp ins Feindesland gezogen und hatte soeben das erste französische Drahthindernis, an dem alte Konservendosen hingen, die durch ihr Geklapper jeden Eindringling verraten sollten, passiert.

Horst Neumann umklammerte fester seine Maschinenpistole, die er bereits entsichert hatte. Links und rechts lagen vermutlich Minenfelder, und es war sehr mühsam, bei der völligen Dunkelheit den schmalen Pfad innezuhalten.

Eine halbe Stunde noch, dann mussten sie das Blockhaus erreicht haben …

Vier Krankenträger waren in dem Graben an dem einzelnstehenden Eichenbaum zurückgeblieben, während die Infanteristen gemeinsam mit den Pionieren weiter vorgegangen waren. Jetzt standen sie dicht vor dem Blockhaus und lauschten. Wie leicht schwingende Musik klangen ihnen die unverständlichen, französischen Worte an die Ohren, aber ehe sie recht zur Besinnung kamen, donnerte ihnen auch schon das vertraute »Qui est là?« entgegen.

Jetzt galt es. Nur Sekunden später knatterten die MG, ratterten die Maschinenpistolen, flogen die Handgranaten in die Dunkelheit. Die Pioniere leisteten ganze Arbeit, denn bald danach sackte das kleine Gebäude wie ein Kartenhaus in sich zusammen. Nur die französischen Maschinengewehre, die sich seitlich des Blockhauses eingenistet hatten, belferten unaufhörlich weiter, und bedrohlich krepierten Granaten direkt hinter dem eigentlichen Kampfplatz.

Der deutsche Spähtrupp lag jetzt in größter Bedrängnis, und so musste sich Leutnant Hermann wieder dazu entschließen, das Leuchtsignal für die Artillerie zu geben.

Donnerwetter, waren die auf dem Posten! Nur wenige Augenblicke vergingen, und schon heulten die ersten schweren Brocken ins Feindesland. Inzwischen hatte aber nun auch der Franzose Verstärkung erhalten. Schon stürmte eine Gruppe von vielleicht

20 Poilus durch den behelfsmäßigen Schützengraben und nun saß der deutsche Spähtrupp auf einmal in der Enge, denn die Franzosen drohten ihm den Rückweg abzuschneiden.

»Hier entlang!«, rief Leutnant Hermann seinen Männern zu. Mann für Mann zogen sich die Landser zurück. Ihre eigentliche Aufgabe war ja erfüllt, das Blockhaus B war in die Luft gegangen. Jetzt kam es nur auf einen verlustlosen Rückzug an.

Wenn man nur die Poilus von der Flanke her aufhalten könnte!

Kaum war es gedacht, da knatterte auch schon eine deutsche Maschinenpistole los, mit ihrem tödlichen Feuer gewaltig unter den anstürmenden Franzosen aufräumend. Horst Neumann war es, der so die Flanke deckte. Unbeirrt stand er aufrecht und feuerte seine Waffe Magazin um Magazin in Richtung auf den Schützengraben ab.

Nichts half den Franzosen mehr, sie waren gezwungen, volle Deckung zu nehmen, und dieser kurze Aufenthalt genügte dem deutschen Spähtrupp, sich schnell in Sicherheit zu bringen.

»Nachkommen, Neumann! Zurück!«, rief Leutnant Hermann jetzt dem tapferen Schützen zu.

Aber da war es schon zu spät. Ein feindliches Maschinengewehr hatte auf der Höhe das Feuer aufgenommen. Das Geknatter der deutschen Pistole verstummte, und der lange Erwin konnte gerade noch sehen, wie Horst Neumann getroffen zu Boden sank.

»Verdammte Schweine! Jetzt haben sie ihn doch noch erwischt!«, schrie der Leutnant.

»Ich hole ihn heraus! Koste es, was es wolle!«, erhob sich da der Erwin. Und schon war er aus der Deckung gesprungen.

Auf dem Bauche kriechend, nur mit Ellbogen und Knien sich vorwärts bewegend, arbeitete er sich trotz des ununterbrochenen Feuers des Feindes an den getroffenen Kameraden heran. Es ging entsetzlich langsam. Zentimeter um Zentimeter konnte er nur gewinnen. Wenn er nur den Kopf ein wenig höher hob, so pfiffen um ihn die feindlichen Kugeln. Schon zweimal hatten sie seinen Stahlhelm gestreift.

Aber der lange Erwin biss die Zähne zusammen. Nur wenige Meter waren noch zu überbrücken, eine leichte Bodenwelle noch zu überwinden. Und das Unwahrscheinliche gelang. Dicht neben dem Kameraden lag jetzt der Erwin auf den Boden gepresst. Und Horst Neumann lebte! Jawohl, er lebte, obwohl das herausströmende Blut schon Rock und Hose durchnässt hatte und sein Gesicht blass und mit geschlossenen Augen zur Seite lag.

»Horst!«, rief Erwin ihn an. Es war fast ein zärtlicher Ton in seiner Stimme.

»Ich bin's, Horst! Wir müssen zurück!«

Da schlug Horst die Augen auf.

»Gut, dass du kommst, Erwin«, sagte er leise, und dann mit einem etwas verlegenen Zögern …

»Glaubst du nun, dass … dass doch etwas an mir dran ist?«

»Junge … Menschenskind, du hast uns allen das Leben gerettet! Aber jetzt müssen wir beide hier raus. Wo hat's dich denn erwischt?«

Horsts rechter Oberschenkel schien durchschossen zu sein, und auch der linke Arm hatte etwas abgekriegt. Durch alle seine Schmerzen hindurch aber lächelte er jetzt den Erwin an, denn zum ersten Mal hatte er von diesem eine Anerkennung gehört, und nun war der Erwin sogar selbst gekommen, um ihn aus dem Feuer zu holen.

Und er schaffte tatsächlich auch dieses. Es war fast wie ein Wunder. Weder Leutnant Hermann noch die anderen Kameraden, die am Waldrand warteten, hatten damit gerechnet, ihren Erwin und ihren Horst noch einmal lebend wiederzusehen. Aber auf einmal waren sie da. Mit seiner Bärenkraft hatte sich der Erwin den verwundeten Kameraden einfach auf den Rücken geladen, war, sich wälzend, kriechend, dann plötzlich wieder aufspringend, durch das Gehämmer des feindlichen Maschinengewehrs und durch das Gewehrfeuer der wieder zur Besinnung gekommenen Poilus unversehrt hindurchgelangt und konnte sich des Händedrückens seiner Kameraden kaum erwehren.

Nach einer kleinen Verschnaufpause ging es dann sofort weiter zurück. Es war auch höchste Eile geboten. Der starke Blutverlust hatte Horst so geschwächt, dass er sich kaum bei Besinnung halten konnte. Zwar lächelte er noch immer, als hätte er eine starke Dosis Morphium erhalten, aber das gepresste Stöhnen konnte er nicht mehr zurückhalten. So wurde schnell eine behelfsmäßige Bahre aus Baumästen gezimmert und im Sturmschritt ging es dem nächsten Verbandsplatz zu.

Glatter Durchschuss des rechten Oberschenkels und Steckschuss im linken Oberarm, lautete der Befund. Es waren also zum Glück keine lebensgefährlichen Verwundungen. Dennoch war natürlich ein sofortiger Abtransport notwendig, und da Horst Neumann ohnehin durch Reklamation für die Heimat freigestellt worden war, kam jetzt für die Fünf vom Unterstand Zur schönen Aussicht das große Abschiednehmen.

Viel geredet wurde nicht. Aber jeder von den Vieren war bemüht, dem verwundeten Kameraden noch schnell etwas Liebes und Gutes anzutun. Der Egon steckte ihm verstohlen eine Schachtel Zigaretten unter die Decke, Friedrich hatte noch irgendwo ein paar Kekse hervorgezaubert, Fritz brachte etwas Schokolade und sogar noch einen Zipfel Wurst, und der Erwin schenkte ihm zum Andenken seinen Holzlöffel, den er selbst aus dem weichen Holz einer vor dem Unterstand stehenden und von den Franzosen umgeschossenen Linde geschnitzt hatte.

»Mach's gut, Horst, und vergiss uns nicht. Bald bist du wieder zusammengeflickt, und dann wirst du daheim den Pferden die Hufeisen aufklopfen. Wir werden uns inzwischen den Franzmann vornehmen. Komm, lass dir noch mal die Flosse drücken …«

Ein jeder schüttelte ihm noch einmal die heile Hand, und zum Schluss kam sogar noch Leutnant Hermann ins Sanitäterzelt.

»Leben Sie wohl, lieber Neumann«, sagte er in herzlichem, ja kameradschaftlichem Ton. »Wir haben Ihnen viel zu verdanken. Sie haben Ihre Pflicht getan, so vorbildlich wie jeder echte deutsche Soldat. Auch der Regimentskommandeur lässt Ihnen durch mich seine Anerkennung aussprechen, und ich kann Ihnen mitteilen, dass Sie und Ihr Kamerad Erwin Hausmann zum Eisernen Kreuz eingereicht worden sind. Ich denke, Sie werden die Auszeichnung schon im Lazarett erhalten.«

Ein glückliches, dankbares Lächeln ging über Horsts Züge. Noch einmal ergriff er die Hände des Leutnants und die von Erwin, grüßte mit den Augen die drei anderen Kameraden, doch dann wurde seine Bahre aufgenommen. Draußen wartete bereits der Krankenkraftwagen. Der Schlag klappte zu, der Motor sprang an und Horst Neumann rollte der Heimat und der Genesung zu. Für ihn war der Krieg zunächst vorüber. Für viele seiner Landsleute aber, und für Millionen von Menschen weltweit ging das alltägliche Sterben weiter.

*

Weit hinten im Ostpreußischen steht eine kleine Dorfschmiede. Es ist hoher Sommer. In der Luft ist Heugeruch. Hochbeladen kommen die Wagen von den Feldern zurück, aber bevor sie einfahren in die Höfe und Scheunen, da hält wohl ein jeder einmal vor der kleinen Schmiede an, und die Bauern und die Mägde treffen sich zu einem kurzen Schwatz mit dem jungen Schmied.

Horst Neumann ist es, der hier hinter dem Amboss steht und mit lustigem ping-ping-ping-ping das rotglühende Eisen schmiedet. Braungebrannt, kräftig und weitgehend gesund, füllt er hier seinen Arbeitsplatz mit großer Hingabe aus. Ein bleibender Schaden im Bein ist ihm geblieben, und so bleibt er als Versehrter vom weiteren Kriegsdienst verschont, obgleich die Jahre ins Land ziehen und die Wehrmacht immer mehr Männer aus seinem Dorf holen kommt. Auch immer Ältere … und immer Jüngere müssen mittlerweile zur Waffe greifen, um die von allen Seiten heranstürmenden Feinde abzuwehren.

Horst Neumanns Herz ist noch immer bei seinen alten Kameraden, und wenn der Rundfunk den neuesten Wehrmachtbericht durchgibt, so leidet er im Geiste mit ihnen. Tief in Frankreich standen sie einst, der Erwin, der Egon, Fritz und Friedrich. Paris hatten sie gesehen. Dann war es für sie nach dem Osten gegangen. Bei Rostow hatte Erwin sein Leben gelassen. Und nun geht es immer öfter zurück statt vor. Niemand kann nun sagen, was die Zukunft bringen wird.

Vor drei Tagen erst haben ihm Egon und Fritz gemeinsam eine Karte geschrieben. Vom Donez ist sie gekommen, und lässt durchblicken, dass die beiden eine kummervolle Zeit durchleben. Die schönste Zeit sei ohnehin der gemeinsame Winter im Unterstand zur schönen Aussicht gewesen, beteuern sie.

Ping-ping-ping …! Bewundernd steht die Dorfjugend in der Schmiede und sieht ehrfürchtig zu Horst Neumann auf, der auf seinem Arbeitskittel das schwarzweißrote Band des Eisernen Kreuzes trägt. Die Sorgenfalten in seinem Antlitz sehen sie nicht.

Eine Veröffentlichung der EK-2 Publishing GmbH

Friedensstraße 12
47228 Duisburg
Registergericht: Duisburg
Handelsregisternummer: HRB 30321
Geschäftsführerin: Monika Münstermann

E-Mail: info@ek2-publishing.com
Website: www.ek2-publishing.com



Cover/Umschlag: Kayla Pelgrim
Autor: Stefan Wagner
Lektorat & Buchsatz: Jill Marc Münstermann

1. Auflage, November 2022
ISBN Taschenbuch: 978-3-96403-254-6
ISBN Hardcover: 978-3-96403-255-3

# Ihre Zufriedenheit ist unser Ziel!

Liebe Leser, liebe Leserinnen,

hat Ihnen unser Buch gefallen? Haben Sie Anmerkungen für uns? Kritik? Bitte zögern Sie nicht, uns zu schreiben. Wir werden jede Nachricht persönlich lesen und beantworten.

Schreiben Sie uns: info@ek2-publishing.com

Wussten Sie schon, dass Sie uns dabei unterstützen können, deutsche Militärliteratur sichtbarer zu machen? Bitte nehmen Sie sich einen Moment Zeit und bewerten Sie dieses Buch auf Amazon. Viele positive Rezensionen führen dazu, dass das Buch mehr Menschen angezeigt wird.

Sie können somit mit wenigen Minuten Zeitaufwand unserem kleinen Familienunternehmen einen großen Gefallen tun. Vielen Dank für Ihre Unterstützung!

PS: In seltenen Fällen kommt ein Buch beschädigt beim Kunden an. Bitte zögern Sie in diesem Fall nicht, uns zu kontaktieren. Selbstverständlich ersetzen wir Ihnen das Buch kostenlos.

# Ebenfalls erhältlich

Entdecken Sie spannende Bücher von EK-2 Militär:

Oder suchen Sie auf Amazon nach **EK-2 Militär**